egoth

biographie

1. Auflage

Copyright © 2004
egoth . egon theiner verlag
5020 salzburg . fürstenallee 25
www.egoth.at

ISBN: 3-902480-00-9

Gestaltung und Typographie
abraham, scheuer & grießner.
agentur für dialog. salzburg

Fotos
Harald Wiesleitner (Cover)
Davide Armando
Votavafoto
Foto Schiel
Manfred Burger
Gerhard Gradwohl
Clarissa Gruber
Josef Pail
Jürgen Radspieler
Spiegel TV
Privatarchiv Bianca Mrak
Archiv Kronenzeitung

Druck
OrtmannTe@m, Ainring (D)

Gesamtherstellung
egoth . egon theiner verlag

Bianca Mrak

hiJACKed

Mein Leben mit einem Mörder

egoth . egon theiner verlag

Dieses Schriftgut basiert auf wahren Begebenheiten und beschreibt den „Thriller meines Lebens" in den Jahren 1991 bis 1994.
Zum Schutze der Privatsphäre der erwähnten Persönlichkeiten wurden sämtliche Namen verfälscht.

Ich danke meinem Hund Bronco, der mir gezeigt hat, dass Hunde oftmals die besseren Menschen sind.
Um diese Regel zu bestätigen, danke ich meiner persönlichen Ausnahme für die mir entgegengebrachte Liebe und mentale Unterstützung in den letzten Wochen und Monaten.

Tagebucheintragung von Jack Unterweger

Freitag, 19. Juni 1992

Landesgerichtliches Gefangenenhaus Graz

Seit Tagen: ab 5^h ca SONNEnschein vor dem Fenster ⇢ erwachen ca. 3^h–4^h ⇢ kein guter Schlaf möglich ⇢ letzte Nacht kurze Schlafphasen, immer schöne, aus dem vollen Leben kommende Träume ⇢ 1 x auch einer von/mit Bianca ... das Aufwachen eine Pein ⇢ wo ist Bianca, was macht sie, wie geht's ihr ⇢ welchem Druck ist sie ausgesetzt ⇢ kann ich ihr helfen? Ich gebe mein Leben dafür ⇢ dann ist sie endgültig frei und kann unbelastet ihr neues, noch junges Leben beginnen, fortführen ⇢ ich liebe sie

über alles und von Samstag, 16. Nov. 1991, 0^{h30} im
„Take five", Wien, unseres ersten Treffens, nachdem
mich ■■■ auf sie aufmerksam gemacht hatte, erlebte
ich die schönste Phase meines Lebens ⤳ Gedanke:
war es vom Schicksal so geplant, mir zum ersten- und
letztenmal in meinem Leben zu zeigen, was ich nie
hatte? Auch nicht als Kind (!), schon gar nicht später
⤳ Gefühl von „zu Hause", so geliebt zu werden ...,
nach nichts anderem sehnte ich mich! Im Rückblick:
Warum durfte ich nie eine „Liebe" frei erleben ⤳
Frauen, wo es ähnlich begann: Ich lernte ein Mädchen kennen, aber sobald deren Familie meine Vergangenheit erfuhr, mußte ich gehen ⤳ und ging das
Mädchen mit (■■■■■■ – Mondsee, 1970, ■■■■■■ –
Saalbach, 1973, z. B.), zeigten mich deren Eltern wg.
Entführung an ..., somit war ich wieder „flüchtig"
und der ganze Dreck endete im Knast ⤳ diesmal,
bei BIANCA, war alles anders: sie liebte mich, ihre
Mutter (+ Familie, Vater) hatte keine Einwände, Bianca konnte zu mir ziehen, die wunderbarsten Monate
begannen ⤳ nur andere Frauen (z. B. ■■■■■■■) rea-
gierten gemein, weil sie mich, obwohl selbst verhei-
ratet, als ihr Spielzeug, ihren Ersatz-Massage-Stab
betrachteten! Ich hatte jetzt aber Bianca und weder
Lust noch Zeit diese zu Hause unbefriedigten Weiber
zu ficken. Das Schicksal gab mir auf den Tag drei
Monate mit diesem Gefühl. (Sa.: 16.11.91–Sa 16.2.92
= Fluchtbeginn) und dann nochmals 12 Tg. (Miami)
mit BIANCA ⤳ in denen ich noch einmal erkannte,
welche Super-Frau (Charakter, Wesen und als Frau,
Geliebte) an meiner Seite war ⤳ in mir zum ersten
Mal echte Scham, weil ich Bianca mit einer anderen

„betrogen" hatte und ich gestand zum ersten Mal im Leben einen „Seitensprung" ein ⇢ dann die Haftzeit ⇢ Telefon ⇢ und die wunderbaren 4 Besuche (15 Std.) im MCC-Miami, Biancas Erscheinen, Mai 1992, noch einmal sehen, hören, atmen, spüren, sich umarmen!! (20. Mai 1992 – 14ʰ–14³⁰ Uhr) – Biancas Tränen an meinem Hals, ich küsste ihre Tränen weg ⇢ seither kam im Grunde keine Ruhe mehr in dieses Gefühl ⇢ und seit 10. Juni 1992 kein Besuch, keine Nachricht mehr ⇢ ich spüre und sehe meinen psychischen Verfall, aber auch Appetitlosigkeit, Schlaflosigkeit, keine Freuden mehr, alles ist durchdrungen von Bianca, ohne sie bin ich nichts mehr ⇢ the last hours?! I dont't like this life ⇢ <u>no Bianca</u>, no future!!! That's is! Okay, Jack, this is a message for you! What you think, is Shit ⇢ <u>your life is Bianca</u>!!

Genau dies: Bianca MRAK, geb.: 7.11.1973, hat mir die schönste Zeit meines Lebens geschenkt und sie stand zu mir, als niemand mehr da war!!

<u>Deshalb habe ich ihr in meinem Testament, das ich bei RA. Dr.</u> ██████ *<u>, Wien und bei Bianca aufliegt, handschriftlich, alles geschenkt und zwar gilt dies für Lebzeiten und erst recht mach meinem Tod! Vor allem geht es um die Rechte (Verwertung) meiner literarischen Arbeiten.</u>*

Bewußt habe ich ALLES (Kleidung, Schmuck, Rechte an meinen lit. Arbeiten) NUR an Bianca MRAK gegeben!

Mutter　　　　　████████ *hat keinerlei Ansprüche, sie hatte nie Zeit, mir eine Mutter zu sein.*

Tochter　　　　　████████ *hat keinerlei Ansprüche: viele Gründe, zuletzt ihre „Lügen" im WIENER, Report, Heft Juni 1992, geschrieben von ████████.*

<u>Dr.</u> ████████ *ist zwar im Besitz der <u>Verwertungsrechte</u> an meinen lit. Arbeiten, aber mit <u>der</u> <u>EINSCHRÄNKUNG</u>: alle daraus erzielten Gewinne, die seine Honorarnote übersteigt, ist an Bianca MRAK weiterzugeben.*

Jack Unterweger

10^{00}–11^{00} Uhr: Fr. Mag. (████████ Office) Gespräch (Beisein Ger. Beamten). <u>BIANCA</u> kämpft um Besuch ⇢ angebl. dipl. mit Mutter ⇢ war einige Tage finanziell von ihrer Mutter abhängig ⇢ eben: Geld hat gegen mich entschieden ⇢ Whgfrage noch nicht geklärt ...?!

Dienstag nächster Besuch von Fr. Mag. (bzw. ████ Office). Frage, für mich: Nachdem heute zwischen Bianca und Mutter „guter Kontakt" besteht ⇢ obwohl die Mutter den Besuch unmöglich machte und macht ⇢ was steckt dahinter? Nur Geldfrage? Wohl kaum.

Sonst: Mutter läßt Bianca nach wie vor in meiner Wohnung ... ⇢ dies stört sie nicht!!

<u>KEINE POST oder NACHRICHT von BIANCA!!</u> Es ist schwer zu begreifen, aber es ist so ⇢ ich flüchte vor dem Erkennen ⇢ ich will nie erfahren, warum, weshalb ⇢ Bianca, ich werde die Party verlassen, bevor ich der letzte Gast bin, allein und zu schwach um aufzustehen ⇢ 15.30 h // forget!! Warum warte ich noch? Warum nicht heute? Beginn der Finalrunde! The last love-Letters!! Ich werde mit den Gedanken an Bianca nicht fertig ⇢ von ihr kommt keine Nachricht ⇢ zumindest irgendetwas ausrichten über RA.

████████ (+ Mitarbeiter) ⇢ aber die Mutter wird eben den Bruch verlangen ⇢ Bianca muß an sich denken ⇢ Whg. ⇢ Geld, also „spielt" sie jetzt mit der Mutter mit und die Kehrseite: ich bleibe auf der Strecke ⇢

15.35 h DOCH noch 1 Brief von Bianca, vom 13.06.92
→ Inhalt: bestätigt nur, was ich fühlte → vor allem ist
der Druck auf sie stark, von allen Seiten → nur mein
Tod macht sie frei!! In 2–3 Wochen, DAY AFTER DAY,
ist es vorbei und sie kann endlich ihr neues Leben
beginnen → sie hat es verdient und sie muß endlich
zur Ruhe kommen → Was sie aber wg. Besuchssper-
re macht, schreibt sie nicht – als wär' eh alles okay!
Nicht bei mir → nicht mehr! →

Frage:	<u>*Warum würde Bianca*</u> *(Brief v. 13.06.)*
	jetzt sogar ███████ *als „Besucherin"*
	akzeptieren? 1.) hat sie einen ande-
	ren und deckt damit ihr „schlechtes"
	Gewissen? 2.) hat Bianca mich auch
	schon aufgegeben? 3.) was sonst? →
	<u>*Vor zwei Wochen wäre eine Kontakt*</u>
	<u>*zwischen*</u> ███████ <u>*und mir noch*</u>
	<u>*ein Grund für Bianca gewesen, mich*</u>
	<u>*zu verlassen*</u> *→* <u>*warum dieser Um-*</u>
	<u>*schwung?*</u>
Nur:	*außer BIANCA brauche ich* <u>*nieman-*</u>
	<u>*den,*</u> *nicht so und auch nicht* <u>*zum*</u>
	<u>*Besuch!*</u>

Der Abend: neuer Zellenpartner ist Belastung,
dumm, primitiv und redet dauernd irgendeinen
Stumpfsinn daher … Naja.

<u>*Überall fehlt:*</u> *BIANCA!*

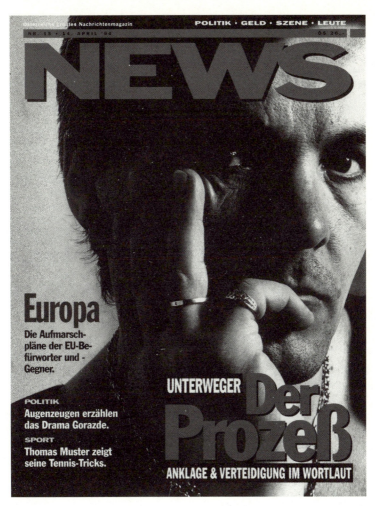

News (15-94)

Handschellen! Dieser US-Marshal legte mir am Rücken ganz langsam meine neuen Armbänder um meine Handgelenke. Und das auch noch mit einem hämischen Grinsen im Gesicht! *Unter anderen Umständen könnte ich an dieser Situation durchaus Gefallen finden, aber so?!* Sonst der englischen Sprache nicht besonders mächtig, bedachte ich ihn mit sämtlichen Schimpfwörtern, die mir auf die Schnelle einfielen. Dieser unverschämte Kerl allerdings grinste wortlos weiter und waltete unbeirrt seines Amtes. Er drückte mich mit dem Gesicht auf den Kofferraum eines parkenden Autos, um mich so besser auf Waffen oder wer weiß was sonst noch zu untersuchen. Nachdem er nichts gefunden hatte, was sich der näheren Begutachtung gelohnt hätte, durfte ich mich wieder „rühren". Er leerte vor meinen Augen den Inhalt meiner Handtasche mit einer einzigen Handbewegung auf den staubigen Asphalt. Nach einigen weiteren spontanen Beschimpfungen

meinerseits verfrachtete er mich schlussendlich auf den Rück-
sitz eines Streifenwagens. Und jetzt bekam ich auch die längst
überfällige Retourkutsche dieses geltungssüchtigen Mannsbil-
des! Beim „Platznehmen" hatte mich natürlich niemand davor
gewarnt, meinen Allerwertesten vorsichtig zu parken. So setzte
ich mich ganz zwanglos und schwungvoll auf meine Handgelenke und schnürte mir dadurch meine Handschellen noch mehr zu.

Dieser Mistkerl von einem überdimensionalen Baby grinste mich
jetzt süffisant an und schien mir mitzuteilen, selbst Schuld, Baby
… Ich verfluchte damals nicht nur diesen Cop …

Ich war bereits mit siebzehn Stammgast im Innenstadt-Club *Take Five*. Aber das mit Sicherheit nicht, weil ich so versessen auf die ganze Bussi-Bussi-Gesellschaft war, die nach kurzer, aber eingehender Studie doch zu einem großen Teil nur aus Nutten, Zuhältern, Drogendealern, diagnostizierten Geistesgestörten und sonstigem Abschaum des Wiener Milieus sowie meist aus einigen so genannten VIPs und selten aus echten Prominenten bestand. Wie auch immer, ich wuchs im ersten Wiener Gemeindebezirk auf, ging dort zur Schule und schwänzte diese ebenda. Ich war schlicht und ergreifend zu faul, um mich weiter weg zu bewegen. Ich hatte zwar immer genügend Geld, um beispielsweise in der Nacht mit dem Taxi heimzufahren, aber man konnte das Taschengeld ja auch auf vergnüglichere Art und Weise investieren. Also kannte ich spätestens mit siebzehn sämtliche Cafés, in denen man vormittags ohne lästige Fragen der Kellner die Schule schwänzen und in aller Ruhe ein Buch lesen konnte. Ich interessierte mich nie besonders für den mir angebotenen allgemeinen Lehrstoff. Mich interessierte das Verborgene, das Schlechte, das Dunkle und das Geheimnisvolle im Menschen. Und das holte ich mir primär aus Büchern. Auf der anderen Seite war da natürlich das *Take Five* der optimale Studienplatz. Sämtliche Abarten an psychologischen „Eigenheiten" waren dort vertreten. *Warum geht eine Nutte freiwillig und ohne von ihrem Strizzi dazu „gezwungen" zu werden auf den Strich? Und macht dann im Take Five einen auf Grande Madame? Und warum fahren Männer auf solche Damen ab? Und warum müssen sich die Herren der Schöpfung meist so sensationell und vermögend hinstellen, nicht ohne natürlich zu verschweigen, dass sie dafür eine Bank um fünfunddreißig Millionen Schilling erleichtert haben und dafür im Gefängnis waren? Was für eine verkommene Gesellschaft!*

Mit all diesen Erkenntnissen ausgestattet, ging ich mein achtzehntes Lebensjahr an. Hinzu kamen immer größere Schwierigkeiten mit meiner Familie, teils weil ich einfach zu aufsässig war, teils weil ich ohnehin schon Erfahrungen gemacht hatte, die in meinem Alter noch niemand hatte. Ich war bereits mit sechzehn am Wochenende in der damaligen In-Diskothek *P1* Garderobendame und verdiente in der Nacht locker meine hundertfünfzig Euro. Einen Teil gab ich meiner Mutter als Aufbesserung des Haushaltsgeldes und den größten Teil gab ich einfach wieder aus. *Denn ich bin nach wie vor der Meinung, die Wirtschaft gehört unterstützt!* Ab diesem Zeitpunkt wusste ich, dass ich nicht studieren wollte. Ich wollte einen Job und mein eigenes Geld verdienen – und das am besten gleich!

Ich war im Alter von knapp siebzehn Jahren von einem Bekannten in meinem Stammbeisl *Gestrüpp* im Bermudadreieck vergewaltigt worden. Spätestens während der Verhandlung begann ich – nicht ohne eine gewisse Verbitterung – zu begreifen, dass Recht haben und Recht bekommen bei uns in Österreich zwei Paar Schuhe sind. Der Mann, der mir dieses Vertrauen mit einem Schlag genommen hatte, war ein illegal eingereister Ausländer aus Bangladesh und als Küchengehilfe in eben diesem Szenebeisl im Bermudadreieck (berühmt-berüchtigtes Viertel im ersten Bezirk) beschäftigt. Er hing meistens mit dem Personal des *P1* an der Bar herum und war ein gern gesehener Gast. Eines Nachts, ich war ausnahmsweise privat im *P1*, lockte er mich unter einer fadenscheinigen Ausrede ins *Gestrüpp*. Dort hielt er mir eine am Hals abgebrochene Coca Cola-Flasche an die Kehle und verging sich an mir. Ich war gelähmt wie ein Kaninchen vor der Kobra und schaltete unbewusst meinen Kopf und meine Empfindungen aus. Allein beim Anblick der Innenseite seiner Unterhose, sofern man die als solche bezeichnen konnte, kam mir das Kotzen! *Ein Tiger hat in seinem Fell nicht so viele Schattierungen von Braun und Gelb wie dieser Lappen, denn anders kann man das nicht mehr bezeichnen! Klassisches Tigermuster also! Pfui Teufel!*

Ich war verzweifelt und wie betäubt. Er drohte mir mit Mord und Totschlag, während er mit der Flasche wie wild vor meinem Gesicht herumfuchtelte und ich ihm einen blasen musste. Heute würde das wohl eher als Kastration für ihn enden. Ich hätte ihm seinen kleinen, dreckigen Bangladeshi-Schwanz einfach abbeißen sollen, so quasi als gute Tat für die Nachwelt. *John Wayne Bobbit lässt grüßen!*

Als alles nach scheinbar einer halben Ewigkeit endlich vorbei war, in Wirklichkeit dürfte es nur einige Minuten gedauert haben, flüchtete ich zurück ins *P1*. Ich war völlig verstört und stand total neben mir. Das konnte meinen Kollegen dort natürlich nicht entgehen. Nach eingehender Befragung eines Türstehers rückte ich schlussendlich mit der Wahrheit heraus. Daraufhin ergriff dieser junge Mann die Initiative und verfrachtete mich in seinen offenen Jeep. Er fuhr mit mir auf das nächste Polizeikommissariat und sprach dort erst mal mit der Polizei. Er gab den Beamten eine genaue Personenbeschreibung ab und wartete so lange, bis der Streifenwagen kam, der mich aufs Bezirkskommissariat brachte. Dort wurde ich von einer weiblichen Beamtin einvernommen. Plötzlich kam Unruhe in die ganze Situation. Man hatte in der Zwischenzeit den Delinquenten in einem Café beim gemütlichen Entspannen und der obligatorischen „Zigarette danach" verhaftet und aufs Präsidium gebracht. *Der ist keine zwei Räume von mir entfernt!*

Nachdem ich alles zu Protokoll gegeben hatte, musste ich auch noch eine Gegenüberstellung überstehen. Anschließend eröffnete mir die Beamtin, dass ich nach Hause gehen könne. *Wie bitte? Ich bin minderjährig und es fühlt sich keiner bemüßigt, meine Familie zu verständigen?* Ich mochte diesen Gedanken ganz und gar nicht, und so verlangte ich, dass man bei mir zu Hause anrufen solle, um mich abholen zu lassen.

Meine Mutter tauchte kurze Zeit später auf und verstand die Welt nicht mehr. Ich wurde nach Hause geschickt und verbrachte die nächste Stunde im Badezimmer. Den Klamotten, die ich am Leib trug, haftete noch immer ein Schweiß- und Spermageruch an, sodass meine Mutter sie sofort in den Mülleimer warf. Unseren Mülleimer entsorgte sie auch gleich mit. Knapp eineinhalb Stunden später erhielten wir einen Anruf von der Polizei, in dem ausdrücklich verlangt wurde, mich nicht unter die Dusche zu lassen und die Kleidungsstücke in einem Plastikbeutel zwecks Spurensicherung zu verwahren. *Na sauber! Im wahrsten Sinn des Wortes! Natürlich zu spät, ich war bereits innerlich ausgespült und äußerlich abgeschrubbt. Von wegen bei der Polizei gibt es keine Pannen! Ist doch klar, dass ein Vergewaltigungsopfer so schnell wie möglich unter die Dusche möchte. Und es hat offenbar kein Mensch darauf Wert gelegt, mir nahe zu bringen, dass es gilt, Beweismaterial zu sichern!*

Nach diesem Telefonat kletterte meine Mutter in den Müllcontainer, um die entsorgten Kleidungsstücke zu bergen, die sie vor mir zu verbergen suchte. Wir wurden ins Gerichtsmedizinische Institut zitiert, wo man mir einen Vaginalabstrich abnahm und die Kleider beschlagnahmte. Selbstverständlich wurden in und auf mir keinerlei verwertbare Spuren gesichert. Die Kleidungsstücke allerdings wiesen deutliche Flecken auf. Ich vermachte mein Gewand kurzerhand dem Gerichtsmedizinischen Institut. Ich würde sie ohnehin nie wieder tragen.

Last but not least kam die Hiobsbotschaft schlechthin: Man bat mich um eine Blutprobe, um festzustellen, dass ich zum Zeitpunkt der Tat nicht HIV-positiv war. Aber ich müsste in drei Monaten in ein Labor und die Prozedur wiederholen. Da das HIV-Virus bis zu drei Monate „benötigt", um im Körper feststellbar zu sein, war der erste Test nur die Gewissheit, dass ich zum damaligen Zeitpunkt nicht den Virus in mir trug. Und falls in drei Monaten der Befund positiv ausfallen sollte, würde der Täter wesentlich härter bestraft werden. *Wie tröstlich!*

Ich hatte gerade mal drei Monate vor diesem schrecklichen Zwischenfall meine Unschuld an meine erste große Liebe verloren und dann diese Option … Ich war in den nächsten Wochen zwar äußerlich ziemlich gefasst, machte einen starken Eindruck, aber mich zerfraß der Gedanke, ich könnte einen tödlichen Virus in mir tragen. *Ich lebe immer noch!*

Es wurde Untersuchungshaft verhängt, der Typ schlussendlich verurteilt und ausgewiesen. Der Prozess allein war eine Farce! Man machte mir zum Vorwurf, mit einer langen, weiten schwarzen Hose und einem knappen Top bekleidet gewesen zu sein! Man machte mir zum Vorwurf, dass ich noch so spät unterwegs war, ich es nicht vielleicht doch darauf angelegt hätte. Und all die psychologisch äußerst gefinkelt gestellten Fragen, die man sich in Österreich als Opfer vor einem Gericht von einem Staatsanwalt anhören muss! *Denn es gilt schließlich gegen eine Kriminalstatistik zu arbeiten!*

Die Krönung erfuhr die ganze Geschichte eindeutig ein paar Jahre später. Ich war mit einigen Leuten im Bermudadreieck in einem Beisl. Und plötzlich tauchte der verurteilte und ausgewiesene Typ vor mir auf und sammelt die leeren Gläser von den Tischen ein. Er sah mir ein einziges Mal in die Augen und ward nie wieder gesehen. *So viel vorerst zu meinem Vertrauen in die österreichische Justiz.*

Wenige Tage nach meinem achtzehnten Geburtstag verschwand ich Freitagabend wieder gen *Take Five*. Es waren sämtliche Leute da, die ich kannte. Ich saß an der Bar beim Eingang und war mittlerweile bei meinem dritten Gin Tonic angelangt, als mir plötzlich ein kleiner alter Mann quer über die Bar zuprostete. *Was will der Lustgreis von mir? Der geht ja beim besten Willen nicht mal als Sitzriese durch. Und er denkt offensichtlich nicht an Kapitulation!* Weil ich selbst ziemlich schüchtern bin, imponierte mir diese Hartnäckigkeit. Er prostete mir bei jedem Blickkontakt zu, und langsam ging mir das ein wenig auf die Nerven. Auf der anderen Seite fühlte ich mich geschmeichelt. Ich spürte seinen Blick in meinem Nacken. Ich konnte mir nicht vorstellen, welch Selbstbewusstsein dieser Mann haben musste. Und nach einigen erfolglosen Einladungen seinerseits setzte ich mich schlussendlich neben ihn an die andere Seite der Bar. Jeder meiner Bekannten beobachtete mich mit Argusaugen. Mir war noch nicht klar, dass dieses Gespräch mein gesamtes weiteres Leben beeinflussen würde.

Ich hatte eine Schulkollegin namens Sandra Doschek, deren Vater ein Elektrogeschäft in der Innenstadt betrieb. Sandra erzählte mir mal, während wir es uns an einem Vormittag beim Schuleschwänzen gemütlich gemacht hatten, von einem Freund ihres Vaters, der im *Café Landtmann* Theaterstücke aufführte. Sie erzählte mir auch, dass „der *Minusmann* gegen diesen Kerl ein Schaß sei …" Auch, dass dieser Typ namens Jack Unterweger eine Frau umgebracht hatte, für die er zu einer lebenslänglichen Strafe verurteilt und nach sechzehn, großteils in Stein an der Donau verbrachten Jahren wieder auf Bewährung wegen allzu guter Führung freigelassen worden war. Also war mir der Name soweit geläufig. Häfn-Poet Jack Unterweger!

Auszug aus der Anklageschrift vom 09.02.1976

Johann Unterweger habe … A) I) in der BRD im gemeinsamen Zusammenwirken mit der in der BRD gesondert verfolgten Birgit Schulz Marianne Fischer dadurch, dass er wiederholt mit einem Totschläger, insbesondere gegen den Kopf, Hals und Oberkörper, auf sie einschlug, sie würgte, ihren Büstenhalter fest im Nacken verknotete und im Wald verscharrte, vorsätzlich getötet … II) Marianne Fischer fremde bewegliche Sachen mit dem Vorsatz weggenommen bzw. sie abgenötigt, durch deren Zueignung sich oder

24

einen Dritten unrechtmäßig zu bereichern ... B) in
Gesellschaft mit den gesondert verfolgten Annemarie
Hofer, Birgit Schulz und Horst Wagner als Beteiligte
Gerhard, Brigitte und Daniela T. durch Drohung mit
gegenwärtiger Gefahr für Leib und Leben unter Ver-
wendung von Waffen, nämlich durch Anschlag eines
abgesägten Gewehres und einer Schreckschusspis-
tole, fremde bewegliche Sachen ... sowie einen Bar-
geldbetrag in der Höhe von DM 1.300,– mit dem Vor-
satze weggenommen, sich oder einen Dritten durch
deren Zueignung unrechtmäßig zu bereichern ...

... Er habe hiedurch zu A) I) das Verbrechen des Mor-
des ... zu A) II) und B) das Verbrechen des schweren
Raubes begangen und sei hiefür ... zu bestrafen.

Aber als sich dieser alte Mann tatsächlich als Jack Unterweger vorstellte, blieb mir vorerst mal die Luft weg. Und dann
erzählte ich ihm von Sandras Vater, den er de facto auch kannte.
Ich merkte bald, dass er Interesse an mir zeigte. Er sagte mir,
dass er in der Florianigasse im achten Bezirk wohne. *Sehr wit-*
zig, einmal ums Eck der Hauptbibliothek, in der ich damals viele
Stunden verbracht habe. Er war soweit auch sehr ehrlich und
schilderte mir „seine" Geschichte. Dass er von seiner Umwelt
so geformt worden sei, seine Mutter eine Nutte, sein Vater ein
unbekannter amerikanischer GI sei, er bei seinem gewalttätigen
Großvater in Kärnten aufgewachsen sei und somit nix dafür könne und den üblichen Schmonzes, den Verbrecher halt gerne von
sich geben.

*... lernte der Beschuldigte in Salzburg die Geheim-
prostituierte Marion H. kennen, mit der er gegen
Bezahlung von 300.- Schilling einen Geschlechtsverkehr vereinbarte. Zu diesem Zweck fuhr er mit seinem PKW durch die Linzerstraße stadtauswärts und
bog dort nach dem Ende des Stadtgebietes in eine
Wiese ab, wo der Geschlechtsverkehr im PKW durch-
geführt wurde. Als der Beschuldigte mit dem Wagen
wieder wegfahren wollte, blieb er mit dem Fahrzeug
stecken. Da ihm ein Wegfahren mit dem Fahrzeug
nicht gelang, forderte er Marion H. auf, den PKW
zu verlassen. Plötzlich schlug er mit der Faust kräftig gegen den Hinterkopf der Marion H. ein, sodass
diese neben dem PKW zu Boden stürzte. Über seine
Aufforderung musste sie sich auf den Bauch legen.
Unterweger kniete sich sofort mit dem rechten Fuß
auf ihren Rücken. Als sie schreien wollte, versetzte
er ihr abermals einen Faustschlag gegen den Hinterkopf. Nun riss ihr Unterweger die Schuhe von den
Füßen, in weiterer Folge zog er ihr die Strumpfhose
aus, drehte ihre Hand auf den Rücken und knüpfte
die Strumpfhose daran. Anschließend drehte er auch
die rechte Hand der Marion H. auf den Rücken und
knüpfte auch diese an die Strumpfhose. Schließlich
musste Marion H. über Aufforderung des Beschuldigten in dessen PKW einsteigen und stieß sie Unterweger hinter den Beifahrersitz und klappte die
Rückenlehne nach vorne. Hiedurch entstand eine
Liegefläche. Er zerrte sie nun in eine solche Position, dass sie auf dem Rücken liegend, den Kopf unter*

der Heckscheibe hatte und ihre Füße an den beiden
vorderen Sitzen abgestützt waren. Er entnahm nun
aus dem Seitenfach der linken Türe eine Stahlrute,
wobei er zu Marion H. sagte: „Schau sie dir an, denn
wenn du nicht tust, was ich will, mach ich dich damit
fertig!" Die Stahlrute, welche er auseinander genom-
men hatte, schob er nun zu wiederholten Malen in
die Scheide der Marion H. Ihre Schreie quittierte er
mit der Bemerkung: „Halts Maul, sonst hast das letz-
te Mal geschrien!" Bei dieser Gelegenheit onanier-
te der Beschuldigte bis er zum Erguss kam. Sodann
schnitt er der Marion H. mit einer Nagelschere ihre
Fesseln entzwei.

Mir wurde das alsbald zu blöd. Ich hatte bereits mit drei-
zehn Jahren eine Lektüre wie eben den *Minusmann* einem Goe-
the vorgezogen und auch diese Biografie triefte vor Selbstmitleid.
Bloß wie abhauen? Ich sagte ihm, ich wäre im Nebenlokal, dem
Montevideo, verabredet. Er packte seinen Mantel und lieferte
mich wie ein kleines Kind vor dem Club ab! Ich ging für fünf Minuten hinunter, um mich ein wenig umzusehen und dann wieder
ins *Take Five* zu wechseln! Als ich wieder rauskam, stand er noch
immer auf der Straße und strafte mich mit einem vorwurfsvollen
Blick! *Was glaubt der eigentlich? Meine Mutter schafft es schon
nicht mehr, mich zu kontrollieren, also was will der von mir?* Ich
fühlte mich eingeengt und kontrolliert! Ich erklärte ihm ziemlich
uncharmant, dass ich jetzt den weiteren Abend ohne ihn verbringen möchte. Er gab mir seine Telefonnummer und zog geknickt
von dannen … Vorerst!

Zurück im *Take Five* stürmten meine Bekannten auf mich zu – und machten einen schweren Fehler! Sie bombardierten mich mit Fragen und Vorwürfen. Was ich mit so einem mache und dass ich aufpassen solle, bla bla bla ... Wie bei einem kleinen Kind wurde plötzlich das Verbotene furchtbar interessant. Ich wurde bockig und schickte sie alle zum Teufel. *Wer sind all diese Leute, die glauben, mir Vorschriften machen zu können? Das kann ich auf den Tod nicht ausstehen!*

Ich hatte schon an meinem siebzehnten Geburtstag meiner Mutter erklärt, wie ich mir meinen achtzehnten vorstellte: In der Früh Frühstück, anschließend Schule, zu Mittag Lieblingsessen und Torte – dann packen und weg! Die Schwierigkeiten zu Hause wurden immer massiver. Meine Mutter bekam mit, dass ich nicht zu selten die Schule schwänzte, weil meine Noten plötzlich talwärts rauschten. Ich wurde immer sturer und meine Mutter immer ratloser und einengender. Ich hielt das damals für reine Kontrollsucht ihrerseits, heute weiß ich es natürlich besser. Ich stellte mir das Leben so leicht und sorglos vor. Auch war ich immer auf der Suche nach älteren Bekannten und Freunden, weil ich mich von ihnen besser verstanden fühlte. Dass die Männer einem jungen Mädchen aber nicht nur zuhören wollten, kapierte auch ich ziemlich schnell.

Ich überlegte lange, ob ich Jack anrufen sollte oder nicht. Auf der einen Seite interessierte mich natürlich sein Leben, auf der anderen Seite konnte er nicht nur Monologe halten – was eindeutig zu seinen Lieblingsbeschäftigungen zählte –, sondern auch richtig zuhören! Das hatte ich schon bei unserem ersten Treffen im *Take Five* begriffen.

Ich rief ihn Mitte der Woche an und vereinbarte ein Treffen bei der Hauptbibliothek in der Skodagasse. Pünktlich und wie bestellt wartete er in einem furchtbar komischen Outfit auf mich.

Schwarzer Ledermantel, Schlangenleder-Imitat-Cowboystiefel, enge Hose, enges T-Shirt und Schmuck, den sich normalerweise nur Strizzis umhängen würden! Der Typ sah aus, als wäre er einem schlechten Siebziger-B-Movie entsprungen! Wir gingen ins *Café Florianihof*, sein Stammlokal, wo wir uns die weiteren Stunden recht angeregt unterhielten. Und – welch Zufall – seine Wohnung war keine zwanzig Meter entfernt. Er wollte mir angeblich nur seine Behausung zeigen. Und ich war überrascht. Er hatte sich auf hundertdreißig Quadratmetern ausgebreitet – und es war noch ausreichend Platz für einen Untermieter. Nach einer Weile bot er mir an, bei ihm zu wohnen.

Und dämlich, wie ich damals eben war, nahm ich das Angebot ohne allzu viel zu überlegen an und zog wenige Tage später schon mit Sack und Pack bei ihm ein. Dass ich nicht im Gästezimmer übernachtete, ergab sich dabei erstaunlich rasch. Zumal er kein Kostverächter war und ich eine willige Schülerin.

Der Alltag gestaltete sich aufgrund seines extremen Naturells gleich am Anfang problematisch. Er entwickelte einen Kontrollwahn, der an Besessenheit grenzte. Er kontrollierte fast jeden meiner Schritte. Jack rief zu Hause an, ob ich eh schon von der Schule wieder da sei, ob ich noch mal Unterricht hatte, was ich zu tun gedächte usw. Ob er mich mal beim Schuleschwänzen erwischte oder beim Rauchen oder beim Trinken, egal, es ging mir schwerst am Senkel!

Den „Vorstellungstermin" daheim konnte ich auch nicht mehr länger herauszögern, also statteten wir beide an einem Samstagnachmittag meiner – wohl zu Recht – schockierten Mutter einen Besuch ab. Sie war bei Gott nicht begeistert von meinem „Fang". Und sie machte auch keinen Hehl aus ihren Bedenken. Da ich aber schon damals furchtbar gescheit war, interessierten mich ihre Einwände relativ wenig. Hauptsache, die Vorstellung hatte stattgefunden. Meine Mutter war entgegen meiner Erwartung überhaupt nicht Feuer und Flamme für Jack. Zuerst wollte ich das ganz und gar nicht kapieren. Aber auch dieser weisen Erkenntnis konnte ich mich ein paar Wochen danach nicht mehr verschließen. Aber alles der Reihe nach.

Das Zusammenleben gestaltete sich wie gesagt äußerst schwierig. Er verlangte von heute auf morgen hausfrauliche Qualitäten von mir. So musste ich zum Beispiel vor der Schule das Frühstück zubereiten, obwohl ich darauf gerne verzichtet hätte, nur um ein paar Minuten länger schlafen zu können. Ich könnte mir ja am Weg zur Schule oder so etwas kaufen. Aber das lehnte er kategorisch ab. Außerdem war er es aufgrund von sechzehnjähriger „Übung" gewohnt, um sechs Uhr morgens den Tag zu beginnen. Ergo hatte ich mich selbstverständlich seinem Rhythmus anzupassen. Und das in jeglicher Hinsicht. Noch ein Punkt, der mir schwer auf den Geist ging!

So nach und nach erfuhr ich auch von seinen Lebensumständen. Einmal betrat ich das Badezimmer, kurz nachdem er es sich dort bequem gemacht hatte. Ich stand hinter ihm und sah im Spiegel, dass seine Lippen sich in den Mund hinein verzogen und er die Zahnbürste in der hohlen Faust schwang! *Was ist denn das? Den Anblick kenne ich doch von meinen Ferien bei meiner Oma!* Ich beobachtete dieses Schauspiel einige Momente lang unbemerkt, bis ich ihm auf die Schulter klopfte. Er machte mit seiner Hand eine ruckartige Bewegung gen Mundwerk und plötzlich grinste er mir mit seiner ganzen Strahler 80-Pracht ins Gesicht! *Was zum Teufel ist das?* Eine meiner „besten", aber auch nervigsten Eigenschaften ist nach wie vor meine fast nicht zu bremsende Neugier. Und auch damals gab ich natürlich nicht auf. Bis er zugab, dass er (wie meine Oma) seine „Zähne" ins Glas legen konnte. *So, ich habe also original einen zahnlosen Greis daheim! Also ist mein erster Verdacht, ich hätte es mit ei-*

nem klassischen Lustgreis zu tun, gar nicht so daneben gewesen. Spannend! Ein anderes Mal fing er an zu toben, weil ich die Tür zur Toilette abgesperrt hatte. *Also am WC brauch ich keine Zuseher!* Er veranstaltete einen Zirkus, das war schon nicht mehr normal. Eine Raubtiervorführung ist ein Dreck dagegen. Er hämmerte mit den Fäusten gegen die Tür und bekam einen hysterischen Anfall. *Und da sag mir noch einer, nur die Fräuleins wären hysterisch! Ich trete gerne den Gegenbeweis an!* Er begründete seinen Wutausbruch mit der Aussage: „Ich kann abgesperrte Türen nicht ausstehen, weil im Häfn auch immer alle Türen zu waren." *Ah geh, wirklich? Und wem ist das jetzt zuzuschreiben? Wohl nicht mir!*

Die Wohnung, die ich jetzt mit ihm bewohnte, hatte er sich mit meiner Vorgängerin gemeinsam angemietet. Das allerdings hatte er nur mit einer enormen Portion Glück geschafft. Die liebe Dame, zweifellos gut zehn Jahre älter als er, war ihm sexuell vollkommen verfallen. Sie mietete die Wohnung um monatliche tausend Euro an und finanzierte sie auch eine ganze Weile, da der kleingeistige Literat nur mäßig von seinen Buchverkäufen leben konnte. Auch füllte sie regelmäßig seinen Kühl- wie auch den Kleiderschrank auf. Doch diese Zuwendungen hörten mit meinem Einzug abrupt auf, um nicht zu sagen, von da an stellte die großzügige Frau den Geldfluss ein. Was wiederum bewirkte, dass Jack immer nervöser wurde und bald das finanzielle Damoklesschwert über unseren Köpfen schwebte.

Der gute Mann hatte bei mir anfangs den situierten Macho gemimt, und nun stellte sich heraus, dass er sich von ältlichen Damen aushalten ließ! Das zuzugeben fiel ihm nicht besonders leicht. *Tut dem Ego ziemlich weh!* Da ich von meiner Mutter Geringes zu erwarten hatte, kam er bald auf die glorreiche Idee, mich arbeiten zu schicken. Denn auch die wenigen Einnahmen aus seinen Star-Reportagen in diversen Magazinen wie *Sense*, *Der Wiener* und *Erfolg und Reichtum* reichten bei weitem nicht für unser tägliches Leben. Er kümmerte sich um meinen Terminkalender und machte für mich „Vorstellungstermine" aus. Eines Abends war es dann soweit. Er teilte mir mit, dass er für mich einen Termin in *Viennas Bestem* Escort-Service auf der Kärntner Straße ausgemacht hatte. Ich kriegte gleich mal eine anständige Krise und wünschte ihm den Leibhaftigen an den Hals. Er aber bearbeitete mich richtig penetrant und machte mir „plausibel", warum ich das doch tun müsste. Ich hatte allerdings schon eine ziemlich genaue Vorstellung davon, was da abging. *Der Typ will mich doch glatt auf den Strich schicken! Offensichtlich kann er sein Naturell nicht unterdrücken. Einmal Zuhälter, immer Zuhälter.* Nach endlosen Diskussionen willigte ich schließlich ein.

Wir fuhren also in die Innenstadt, zum Neuen Markt, wo er sein Auto parkte, und vereinbarten, dass wir uns nach meinem Termin in der *Reiss-Bar* treffen wollten. Die *Reiss-Bar* war das *Take Five* tagsüber. Dieselben Gesichter und Gestalten. Jämmerlich. Dort traf man sich mal eben zum Schampus nach dem Shoppen oder Fremdgehen oder eben nach dem Vorstellungstermin.

Ich ging recht nervös zu der angegebenen Adresse und landete in einem größeren eleganten Appartement. Ein junger Typ um die dreißig empfing mich mit einem dreckigen Grinsen im Gesicht. Von da an wollte ich nur noch bestätigt haben, was ich bereits vermutete. Also ließ ich es auf ein Gespräch mit diesem miesen kleinen Strizzi ankommen. Nach anfänglichem Geplänkel kam ich schnell auf den Punkt, und was machte er? Er wand sich wie ein Aal! Anstatt den Mumm zu haben, mir klar und unmissverständlich zu bestätigen, dass ich mich gerade um die Stelle einer „besseren" Nutte bewarb, wurde er immer schmieriger! Ich fragte ihn: „Was muss ich tun, wenn ich einen Auftrag bekomme?" – „Nett müssten Sie schon sein …" *Das langt noch nicht.* „Was ist nett?" – „Na ja, zuerst Oper oder Kino, dann Abendessen und anschließend eventuell in eine Bar." Ich ließ nicht locker! *Kein Erbarmen mit diesem Mistkerl!* Langsam machte mir das sogar ein wenig Spaß. *Also zum Angriff übergehen und schnurstracks voraus:* „Also ist es notwendig mit diesen ‚Kunden' ins Bett zu steigen?" – „Eigentlich ja." *Na bitte, hat ja auch lang genug gedauert! Warum nicht gleich so, Burli?* Und jetzt wollte ich es genau wissen. „Was ist, wenn ich mich weigere, mit einem Kerl ins Bett zu steigen?" – „Na ja, dann erhalten Sie keinen Auftrag mehr von uns!" *Ha, endlich!* Ich meinerseits erklärte ihm jetzt, dass ich nie im Leben daran denken würde, mich zu verkaufen. Und wenn, dann so, dass ich nicht vierzig Prozent meiner „Einnahmen" an einen miesen kleinen Zuhälter, wie er einer war, abliefern würde müssen! *So, dem hab ich's aber gegeben.* Ich ließ ihn stehen und verließ das Büro. Jetzt hatte ich nur mehr eines im Sinn: Rache!

Richtung Oper war die *Reiss-Bar* keine fünf Minuten Fußweg entfernt. Dort sah ich zuerst, dass Jack wieder unheimlich charmant zu den anwesenden Damen war. Das brachte mich vollends auf die Palme. Und wer das schon mal miterlebt hat, weiß, wie unfein ich dann werden kann. Ich bestellte mir – um unsere finanzielle Lage wissend – ein Glas vom teuersten Champagner. Dann las ich ihm die Leviten vom Feinsten! *Da schickt er mich in die Höhle einer Begleitagentur und währenddessen stolziert er vor den Weibern herum, als sei er ein Gockel am Misthaufen, der begattungswillig ist!* Ich kippte meinen Schampus runter und ordnete die Heimreise an. Es folgte eine recht schweigsame Fahrt nach Hause.

Jack bemühte sich in den darauf folgenden Tagen extrem

um meine Gunst, was ich allerdings völlig ignorierte! Er machte mir bald das „Angebot", mich in eine Fahrschule zu stecken, um endlich auch Auto fahren zu können. *Er will also, mit einem Satz gesagt, dass ich ihn in Zukunft herumkutschiere!* Da er ja nie einen Führerschein besaß (oder eben diesen in grauer Vorzeit durch Alkohol- und/oder Drogenmissbrauch verloren hatte) und ihm dieses Privileg aufgrund seiner Verurteilung des Mordes auch weiterhin verwehrt bleiben würde, musste ich wieder mal herhalten. *Langsam geht er mir mit seinen Plänen auf die Nerven.* Und doch behielt er vorläufig die Oberhand! Ich war damals noch nicht so „streitlustig" wie heute. Gesagt, getan, wir gingen in eine Fahrschule am Schottenring und ich bekam einen Termin für meine Fahrstunden verpasst. Und vorausschauend, wie mein lieber Jack nun mal war, wurde mir auch eine Fahrlehrerin verordnet! *So eine Gemeinheit. Gut, gehe ich eben in die Fahrschule.* Er war ohnehin immer öfter und länger bei seinem momentanen Lieblingsarbeitgeber in der Redaktion. Das *Erfolg*-lose Magazin gehörte einem Mann namens Gustav Gans, der Jack seine Sekretärin „zuführte". Denn das wiederum bewirkte, dass die Zahlungen an Jack verzögert werden konnten, da der Verlag pleite war. *Was allerdings nicht weiter verwundert, wenn man sich mal die „Pleiten" an Mitarbeitern, die für dieses Magazin arbeiten, ansieht!* Aber das alles erfuhr ich erst viel später!

Damit nicht genug, Jack wurde schnell immer eifersüchtiger und mieser gelaunt! Er überwachte jeden meiner Schritte und telefonierte mir ständig hinterher! In dieser Zeit stellte er mir einen gewissen Rio vor. Rio kam aus dem Nichts und war ganz plötzlich aufgetaucht. So wie er auftrat und sich gebärdete, war er nichts weiter als ein kleiner Vorstadtstrizzi. Die beiden hatten immer wieder was zu besprechen. Mich schickte man Zigaretten holen, was unter anderen Umständen undenkbar gewesen wäre. Aber wenn ich störte, waren Jacks Prinzipien, „Alkohol und Drogen – Nein", schnell vergessen. Ich war froh, mal wieder für mich sein zu können. Wenn auch nur für zehn Minuten. Rio sah mich manchmal an, als wäre ich das Kaninchen und er die Schlange, was natürlich Jacks Argusaugen nicht entging! *Da ist die nächste Diskussion schon wieder vorprogrammiert! Mit seiner – grundlosen – Eifersucht treibt er mich noch in den Wahnsinn! Aber wie der Schelm denkt, so ist er.* Und das traf voll ins Schwarze!

An jenem Abend, an dem ich die ersten beiden Fahrstunden absolvierte, gab er wieder mal seinem Kontrollwahn nach und wollte mich von der Fahrschule abholen. Und er dachte – übrigens genauso wie auch ich –, dass die Doppelstunde 120 Minuten dauern würde. Doch auch eine Fahrschule ist nur eine Schule und somit dauerten die Stunden nur fünfzig Minuten. Also war ich um zwanzig Minuten früher fertig, als ich gerechnet hatte. Ich versuchte ihn auf seinem Mobiltelefon zu erreichen, das ihm übrigens auch von dieser spendablen Dame finanziert wurde, erreichte ihn aber nicht. Da ich mich weigerte, mir den Hintern abzufrieren, das Kaffeehaus wegen Taschengeldmangels auch nicht in Frage kam, begab ich mich auf den Heimweg. Er war natürlich nicht in der Wohnung und so widmete ich mich meiner absoluten Lieblingsbeschäftigung: dem Telefonieren! Ich nutzte die Gunst der Stunde, um ein unbelauschtes Telefonat mit meinem Vater zu führen.

Kaum hatte ich das Gespräch beendet und aufgelegt, hörte ich die Eingangstür der Wohnung von innen zufallen. Und in derselben Sekunde, in der ich registriert hatte, dass Jack gekommen war, hatte ich schon eine Ohrfeige im Gesicht! – „Telefonier mit deinen Liebhabern von einem anderen Apparat und nicht von meinem, du Schlampe!", wütete er dahin! Angesichts dieser bodenlosen Ungerechtigkeit und meines Gefühls der Ohnmacht fing ich an zu weinen und beteuerte, dass das doch mein Vater gewesen wäre! Doch Jack war nicht zu besänftigen und beschuldigte mich weiterhin der Untreue! Anstatt, wie ich geraten hatte, doch einfach die Wiederwahltaste zu betätigen und von mir aus nach dem Melden meines Vaters sofort wieder aufzulegen, beharrte er weiterhin auf seinem falschen Standpunkt. Diese Erfahrung prägte sich mir für die Dauer unserer „Beziehung" ein. Ich allerdings war so bockig, dass er mit mir fast nicht mehr zurechtkam. Ich verweigerte jedes Gespräch und ließ auch seinen Freund Rio links liegen! Wir waren in derselben Woche im *Café Billroth* mit Rio verabredet, wo ich natürlich mitgeschleppt wurde! Weil ich könnte mich ja mit jemandem am Telefon amüsieren! Ich war mehr als übelster Laune! Der liebe Jack hatte nämlich entgegen weitläufiger Meinung keinerlei rhetorische Fähigkeiten. *Weiß der liebe Herrgott, wie der seine Bücher schreibt!* Wie auch immer, nach drei schweigsamen Tagen meinerseits war er endlich gewillt, mir meine Version zu glauben und kam im *Café Billroth* mit einem Geschenk an. Er überreichte mir vor den Augen seines Freundes Rio eine vergoldete Raymond Weil-Uhr. Scheinbar brauchte er das für sein Ego. *Typisch! Tut als sei er reuig und zieht dann so eine Show ab.*

Aber da ich nun mal nicht so war, wollte ich ihm das auch nicht wirklich verderben. Die Uhr nahm ich selbstverständlich an. Ich fühlte mich noch nicht wirklich besänftigt, wollte aber auch nicht mehr weiter streiten, und schon gar nicht mit jemandem, der ohnehin glaubte, alles besser zu wissen! Weil – prinzipiell hatte immer er Recht! Er kam also mit einer kleinen Schachtel vom Juwelier an, in der sich die „goldene" Raymond Weil-Uhr befand. Ich freute mich damals wirklich sehr, doch wie immer konnte ich mein Mundwerk nicht halten, und so kam es, dass ich den guten Herrn aufklären musste. Warum raunzte er andauernd über seine bzw. unsere finanzielle Situation, wenn er mir so eine „teure" *(heute weiß ich es auch besser!)* Uhr schenken konnte.

Irgendwo war der Hund drin und ich kam einfach (noch) nicht drauf! Dieser Fatzke von einem Rio nahm sich dann auch noch heraus, mir zu sagen, wie ich mich zu verhalten hatte. *„Zwickt's mi, i man i tram ..."* Ich vermieste ihnen ein klitzeklein wenig den Abend, weil ich einfach nicht einsehen wollte, dass die Ohrfeige, die ich zu Unrecht kassiert hatte, damit abgetan sein sollte! Und so wunderte ich mich auch nicht wirklich, als sich diese kleine idyllische Runde ziemlich schnell auflöste.

Kaum daheim, hatte meine „bessere" Hälfte die nächste glorreiche Idee! *Eine gewisse Kreativität kann ich ihm nicht absprechen.* Ich sollte doch dreimal die Woche in der Nacht arbeiten gehen. Weil, ich wüsste ja um unsere *(plötzlich ist es unsere!)* finanzielle Situation Bescheid! Er hätte einen Freund, dem ein Tanzcafé am Gürtel gehöre ...

Nach meiner Erfahrung mit dem Escort-Service war ich nicht mehr sonderlich von seinen Jobideen angetan. Also weigerte ich mich mal prophylaktisch! Doch ein wenig später schleppte er mich zum Schnuppern gen Gürtel. Und so schnell konnte ich gar nicht schauen, war ich schon als Bardame beschäftigt. Ich musste alte Knacker mit „überwutzelten" Weibern bedienen, denen der Sabber bei meinem Anblick überlief!

Denn ich wusste genau, wie ich mir mein Geld verdienen konnte. Möglichst tiefes Dekolletee, ein breiter Gürtel als Rock und ein charmantes Lächeln auf den Lippen. Das lockerte den Rubel und hob gleichzeitig meine Laune. Ich machte diesen Job nicht wirklich freiwillig, doch immerhin besser als die Beine breit machen zu müssen!

Es versteht sich von selbst, dass ich zu Dienstbeginn von Jack dort abgeliefert wurde, und eine halbe Stunde vor Dienstschluss war er schon wieder da. Was er in der Zwischenzeit trieb, wollte ich gar nicht wissen. Ich kam auf gar keine schlechten Gedanken, da mir das damals noch völlig fremd war. Eines Abends saß eine ältere, aber durchaus gepflegte und attraktive Frau an der Bar und starrte mich mit großen Augen an. Ich meinerseits schenkte ihr mein strahlendstes Lächeln, denn ich hatte im Hinterkopf schon eine Ahnung, wer diese Dame war. Sie gab sich ordentlich Mühe, sich ihre Verletzung und ihren Schmerz nicht anmerken zu lassen. Sie ging nach einiger Zeit – nicht ohne mir vorher ein anständiges Trinkgeld gegeben zu haben. Mir schwante, dass das Jacks Verflossene gewesen war. Kurze Zeit später tauchte er auf, als wäre nichts geschehen. Natürlich hatte er mit mir – als seiner jungen Freundin – vor ihr geprahlt. Und natürlich war sie zur Begutachtung gekommen. *Bösen Gerüchten zufolge würde ich mich relativ ähnlich verhalten. Aber wer sagt denn so was?* Ab diesem Zeitpunkt wusste sie die volle Wahrheit und drehte den Geldhahn endgültig zu. *Verübeln kann ich es ihr nicht. Das hat sie nicht notwendig!* Allerdings besiegelte dies meine weitere Zukunft!

Mein Taschengeld wurde mir rigoros eingeteilt, und ich hatte nicht mal genug, um meine Schulschwänzer-Tage standesgemäß im Ersten zu verbringen. Das wiederum hob meine Laune ganz und gar nicht …

Vor Weihnachten sagte mir Jack, dass er wohl oder übel auf die Weihnachtsfeier vom *Erfolg* gehen müsse. Er tat glatt so, als müsste er sich überwinden! *Dieser falsche Fuffziger!* Ich machte ihm den Vorschlag mitzugehen, worauf er plötzlich an die zehn Gegenargumente vorbrachte. *Seltsam!* Jack versicherte mir, so schnell wie möglich wieder zu Hause zu sein. Ich, nichts Böses ahnend, ging gegen dreiundzwanzig Uhr ins Bett und breitete mich mal nach Herzenslust aus. Ich wachte gegen fünf Uhr morgens auf und wunderte mich über seine Abwesenheit. Ich war richtig besorgt, weil ich dachte, es sei etwas passiert. Er war am Mobiltelefon nicht erreichbar. Das wiederum ließ mich nicht mehr einschlafen, und so lag ich über eine Stunde wach im Bett. Als er dann endlich nach sechs Uhr heimkam, stellte ich mich schlafend und beobachtete ihn aus fast geschlossenen Augen. *Der hat doch glatt die Impertinenz, zu mir ins Bett zu schleichen und sich mir anzupirschen!* Nach einer Zeit bekam er wohl mit, dass ich nicht mehr schlief und quatschte mich mit blöden Ausreden voll!

Zwei Tage später ging ich ein paar Straßen weiter zum nächsten Supermarkt. Von einer Minute auf die andere bekam ich Unterleibsschmerzen, die sich gewaschen hatten. Es fühlte sich an, als hätte ich mir eine Blasenentzündung vom Feinsten eingefangen. Ich brach zwischen Mehl und Zucker mitten im Geschäft zusammen und bat um eine Toilette. Denn länger konnte ich mich dem Lauf der Natur nicht mehr widersetzen. Die angesprochene Kassiererin meinte lapidar: „Was meinen S' denn, da könnt ja a jeder daher kommen. Außerdem, wann S' krank sind, können S' unser Klo eh nicht benützen! Wir wollen doch nicht alle angesteckt werden!" Angesichts dieser übertriebenen Hilfsbereitschaft und der aussichtslosen Lage ließ ich den Einkaufswagen mitten im Supermarkt stehen und rannte nach Hause. *Allerdings wäre eine Pampers Maxi angebracht gewesen* … Ich genierte mich zwar in Grund und Boden, doch ich konnte leider nicht anders. Zu Hause verbrachte ich die nächsten Stunden am WC und in der Dusche. Ich hatte Schmerzen, als müsste ich Tabasco pur ausscheiden. Hinzu kam eine Infektion, die mich nicht ruhig sitzen ließ.

Ich stellte zunächst mal Jack zur Rede, wem er sein bestes Stück reingesteckt hätte. Der stritt natürlich alles ab, und ich, naiv und geistesschlicht, wie ich damals eben war, glaubte ihm auch noch. Im Gegenteil, er beschuldigte mich! Ich hätte mich mit einem meiner unzähligen Lover vergnügt. *Also, wenn ich nichts weiß, aber eines weiß ich mit Sicherheit: Ich bin ganz bestimmt nicht die Bazillenschleuder von uns beiden!* Zwei Tage später begab ich mich zum praktischen Arzt, der entsetzt die Hände über seinem Kopf zusammenschlug. Er teilte mir gleich mal mit, dass er da nicht mehr viel „ausrichten" *(!!!)* könne und mich am besten gleich zum Dermatologen (Facharzt für Haut- und Geschlechtskrankheiten) schicken würde!

Ich glaubte, ich müsste im Boden versinken! Dass er in erster Linie *Geschlechts*krankheiten und sicher keine *Haut*krankheiten vor seinem geistigen Auge sah, wurde mir nach einem kurzen Blick in sein Gesicht klar! Ich ging noch am selben Nachmittag zum „Haut- und Geschlechtskrankheiten-Medikus". Der empfing mich schon mit offenen Armen. Offenbar hatte mich mein Praktiker telefonisch angekündigt. *Endlich wieder mal ein wenig Herausforderung für die weißen Götter!* Er diagnostizierte mir so ziemlich alles, was ich nicht hören wollte! Er konnte mir vorerst nur mal ein Schmerzmittel per Injektion verabreichen. Endgültige Gewissheit würde er aber erst haben, wenn ich in einem Labor *(diesmal allerdings nur für „Geschlechtskrankheiten" ..., es wird immer besser!)* ein paar Tests machen ließe.

Gesagt, getan, ich war froh, dass er mir das „beste" empfehlen konnte, das lag nämlich keine fünfhundert Meter Luftlinie von unserer Wohnung im achten Bezirk entfernt. Ich habe erst vor einigen wenigen Jahren erfahren, dass das *Traumland* einen Steinwurf von diesem Labor entfernt ist, aber Insider wissen jetzt ganz genau, welches Labor da gemeint ist ... Es ist ein Labor in der Schlösselgasse, zufällig neben Wiens berüchtigtstem Swingerclub, dem *Traumland. Das Traumland der Exzentriker, die sich von jedem beglücken lassen, der es will. Wie auch immer, wo hinein auch immer, wann auch immer. Bitte, jedem das Seine.* Aber es überforderte damals meine Nerven gewaltig, dass ausgerechnet ich zwecks Heilung solch ein Speziallabor besuchen sollte! *Wo bin ich da rein geraten?*

Ich ging also in dieses Labor, wo auch die anwesenden Schwestern ganz entsetzt dreinschauten! Sie fragten mich ganz ungeniert, mit wie vielen Leuten ich binnen kürzester Zeit Sex gehabt hätte? Ich wäre am liebsten vor Scham gestorben, aber noch hatte ich mit Jack eine gewaltige Rechnung offen! Und so überstand ich auch die unangenehme Untersuchung. Anschließend erhielt ich einen zweiseitigen DIN-A4-Ausdruck, klein und schmal bedruckt. Und so jede zehnte Zeile mit irgendeinem anderen lateinischen Namen. *Sauber!*

So, ich bin also von unten bis oben „verseucht"! Ich bekam eine Menge Rezepte, auch für meinen zukünftigen Ex. Doch dieser wollte natürlich von nichts wissen. Ich stellte ihn mordsmäßig wütend zur Rede – und was tat er? Er stritt wie immer alles ab!

Jack schwärmte mir damals andauernd von einer Iris Postrossa vor. Sie war besagte Sekretärin bei ebenso besagtem *Erfolg*-losen Verlag. Ich sagte ihm auf den Kopf zu, dass er mit ihr die „mutmaßliche" *(ausgesprochen schönes Wort!)* Weihnachtsfeiernacht verbracht hatte. Aber das änderte nichts an seiner Aussage.

Ich war zu feig und auch zu stolz, um in dieser Situation zu meiner Mama zurückzukriechen. Ich hätte Erklärungen abgeben, Fragen beantworten und mir Vorwürfe anhören müssen. *Nein, das will ich wirklich nicht. Noch nicht ...*

Damals schon war ich mir sicher, dass die Geschichte mit Jack maximal eine kleine Episode auf Zeit wäre. Nichts Aufregendes. Ich begann mittlerweile mit der Regelmäßigkeit eines Beamtenkrankenstandes die Schule zu schwänzen. Und ich musste mir das erste Mal eingestehen, dass ich echt zu dämlich war, zu überzuckern, was der mit mir vorhatte! Ich war hin und her gerissen zwischen meiner Wut auf diesen alten, zahnlosen, den Hintern schwingenden Knastbruder und meinem Stolz.

Er spürte relativ bald, dass etwas nicht stimmte. Denn eines kann man ihm ganz und gar nicht absprechen: Er hatte eine Art von eigener Intelligenz. Er verstand es glänzend, sich durch hoch trabende Worte in den Mittelpunkt zu stellen. Dadurch meinte man, jemand der sich so perfekt auf einen „gepflegten Wiener Bussi-Bussi-Schicki-Micki-Small-Talk" versteht, muss gebildet sein. Der ist *echt* intelligent! *Das Einzige, was der echt perfekt beherrscht, ist: Frauen beglücken. Das kann man ihm nun wirklich nicht vorwerfen. Auch ein klitzekleiner Grund, warum ich mir das weiterhin antue.*

Wie auch immer, Jack „überraschte" mich kurz vor Weihnachten mit einer „Reise" zu seiner alkoholkranken Mutter nach München. *Sauber! Also das luxuriöse Leben an der Seite eines Schriftstellers habe ich mir auch ein wenig anders vorgestellt.* Aber bitte, es war ja Weihnachtszeit, und so ließ ich Gnade walten und willigte schließlich ein. Wenig später befand ich mich in einem grünen Passat Kombi mit einem Ex-Knacki, der obendrein noch ohne Führerschein auf der Welt unterwegs war, auf dem Weg nach München zu seiner alkoholkranken Mutter.

In München empfing mich ein altes Muttchen mit schon schwerer Zunge und Jacks Ex-Schäferhund Joy. *Jacks Mutter also – Theresia Strass in ihrer ganzen Pracht!* Und Joy, ein Musterexemplar von einem Deutschen Schäferhund, aber schwer gezeichnet durch eine fortgeschrittene HD (schwere Hüftgelenkserkrankung). Wir wurden ins kleine Gartenhäuschen am Rande von München gebeten. Dort erwartete mich die nächste Überraschung. Ein ungepflegter alter Kerl mit ebenso schwerer Zunge wie Jacks Mutter. *Glänzende Adventfeier!* Alsbald wurde auch Alkohol ausgeschenkt, den ich nur zu dankbar annahm. Mit steigendem Pegel von Theresia, so weit waren wir bereits nach der ersten Runde, stieg auch ihr Selbstmitleid proportional zu ihrem Mitteilungsbedürfnis. *Klassisch ausgedrückt hat sie „einen Emotionalen". Wunderprächtig!* Sie teilte mir völlig unmotiviert mit, dass sie nie eine Hure gewesen sei. Das wäre alles Jacks kranker Fantasie entsprungen. Der wiederum wurde nicht müde, mir ständig seine Gegendarstellungen ins Ohr zu flüstern. *So will ich das nicht haben!* Also trank ich noch einige Schnäpschen, bis ich vor der versammelten Alkoholiker-Jury glaubwürdig vertreten konnte, ich sei so betrunken, dass ich sofort in ein Bett müsse. Jack fuhr mit mir einige Straßen weiter und zeigte mir unser Nachtquartier.

Die nächste Überraschung war fällig. *Eine klassische Siebziger-Jahr-Wohnung. Mit einer Innenausstattung, die ihresgleichen sucht!* Die Decken waren mit Sicherheit nicht höher als zwei Meter dreißig. Und dazu die Schlafzimmereinrichtung – bitte bildlich vorzustellen – mit einem braunen, hundertprozentigen Plastik-Teppich. Damit nicht genug, dieses zweieinhalb mal zweieinhalb Meter „große" Zimmer wurde tapeziert – das hätte Ken für Barbie nicht besser machen können. *Ein Traum aus einer Menage in Rosa und Weiß!* In die breiten rosa-weißen vertikalen Streifen mischten sich immer wieder wie zufällig üppige Blumensträuße. Die Vorhänge ein Gedicht aus Polyester. Die Sorte, die schon kleine Blitze schleudert, wenn man nur in die Nähe kommt – also die ganz üble Sorte! Die Farbe war vertrautes Rosa. Die gesamte Innenausstattung an Möbeln war eine wahrlich atemberaubende Angelegenheit. *Der Inbegriff an grausamer Verwirrung der Geschmacksnerven.* Ein Betthaupt, das bis an die Decke reichte – in unverkennbar barockem Stil in Weiß. Das Bett im selben Design, auch die Kommode auf der einen Seite des Zimmers. Eine giftgrüne Plastikdecke mit einem durchsichtigen Plastik-Schonbezug zärtlich übers Bett drapiert. Ich fand das echt nicht mehr komisch!

Jack aber war sichtlich zufrieden. Er konnte mich seiner Mutter präsentieren und so sein mickriges Ego füttern. Ich schlief also in dieser Barbie-Wohnung. Am nächsten Morgen gönnte man mir ausnahmsweise ein paar Stunden mehr Schlaf. Er machte mir nach der Morgentoilette sofort den Vorschlag, seine Mutter in der Innenstadt zu besuchen. Sie betrieb dort einen kleinen Kiosk und Souvenir-Laden. Wie zufällig lotste Jack mich an einem Juwelier vorüber. Als hätte ihn der Blitz getroffen, blieb er plötzlich stehen und sprach von Verlobung! Ich dachte, ich hätte mich verhört. Jack wollte, dass ich endlich sehe, wie ernst es ihm wäre. Und dass mit der Iris Postrossa nichts war, ich mir die Krankheiten sicherlich woanders geholt hatte. Und ich, was tat ich? Ich glaubte ihm wieder! Und für mich war das keine so große Sache wie anscheinend für ihn. *So viel Dämlichkeit muss ja bestraft werden!*

Also rein zum Juwelier und zwei Verlobungsringe gekauft. Mitten in München in einer Fußgängerzone fand dann die Verlobungszeremonie statt. Mit stolzem Schritt betrat er das Geschäft seiner Mutter, um gleich mal die freudige Neuigkeit zu verkünden. Ich meinerseits verkündete, dass ich gedächte, die Heimreise anzutreten. Denn es war zwar ausgemacht, dass wir nur eine Nacht in München verbringen wollten, doch jetzt wurde mir die Situation langsam zu mühsam. Jack wurde in Gegenwart seiner Mutter ganz anschmiegsam. Und das konnte und kann ich auf den Tod nicht ausstehen. Ich mag diese öffentlichen Zuneigungsbekundungen nicht, und er machte hier einen auf Tiger! Allzu lang sah er sich meine bösen Blicke allerdings nicht an, ehe er aufgab und ebenfalls seine Absicht zur Heimreise bekannt gab.

Wieder in Wien war inzwischen der Heilige Abend angebrochen. Ich war zumindest so weit gut erzogen, dass ich wusste, Weihnachten bei meiner Familie ausfallen zu lassen, würde einige Probleme nach sich ziehen. Also ergab ich mich meinem Schicksal und bereitete mich mental so gut wie möglich darauf vor. Ich kündigte meinen Besuch auch richtig brav per Telefon an. Allerdings weigerte sich meine Mutter, auch Jack zu empfangen. Verübeln konnte man es ihr wirklich nicht. Mir kam das aber gerade recht. Denn inzwischen waren seine peinlichen Auftritte schon legendär. Er ließ sich in „modischen" Fragen, soweit man bei ihm von Mode sprechen konnte, einfach nichts sagen. Dauernd lustwandelte er in einem Outfit, das wahrlich nur als „altmodern" bezeichnet werden konnte. Sein Faible für zu enge Hosen war nicht zu bändigen. Er stellte sein bestes Stück geradezu exhibitionistisch zur Schau. Dazu kamen enge und kurze Imitat-Lederjacken. Also dachte ich, wenn ich die Weihnachtsfeier bei meiner Mutter mit dem Grund absagen könnte, weil er nicht erwünscht war, käme ich darum herum. Allein wollte ich nicht hingehen, weil ich mir dann wieder Vorwürfe und Anleitungen zur Trennung anhören hätte müssen. Doch die Rechnung hatte ich ohne meine Mutter gemacht. Schlussendlich war auch Jack zum frommen Fest eingeladen.

Die größte Bombe ließen natürlich wir platzen. Mit der Bekanntgabe unserer Verlobung war auf einmal die ganze ohnehin nicht vorhandene Weihnachtsstimmung wie weggeblasen. Meine Mutter nahm sich jetzt gar kein Blatt mehr vor den Mund und ließ ihrem Ärger freien Lauf. *Wieder mal Streit an Weihnachten! Ich will jetzt nur noch nach Hause und meine Ruhe haben. Vor der ganzen Welt.*

Künstler und Kunstinteressierter: Jack Unterweger, der „Häfn-Poet"

In der Wiener Lokalszene (l.), das Liebespärchen
Unterweger/Mrak, und der Mörder bei einem
Jux-Schnappschuss mit einer untypischen Waffe:
eine Pistole benutzte er bei seinen
Gräueltaten nicht.

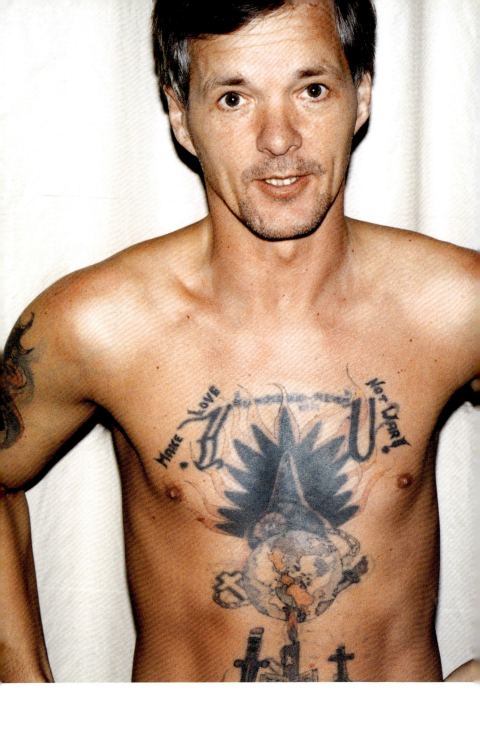

„Es gibt Leute,
aus dem Gefängnis ein Sa=
torium machen, und es gibt
n jene, die dies glauben, mit

„Es gibt Leute, die aus dem Gefängnis ein
Sanatorium machen, und es gibt jene, die dies
glauben ..." Jack Unterweger konnte durch sein
Aussehen und Auftreten schocken und
schockieren ...

... oder auch nicht. Unterweger schrieb während
seiner ersten Inhaftierung Bücher, präsentierte
sich belesen und eloquent

Bianca Mrak, lasziv. Sie war ihm verfallen.
Und er ihr auch?

Hier war die Welt noch in Ordnung:
Jack Unterwegers Wohnung im achten Wiener Bezirk in der Florianigasse.

Hier war Jacks Welt durcheinander gebracht: sein Wohnzimmer nach
der Hausdurchsuchung. Oben links: Unterwegers Ford Mustang,
unten jenes Fahrzeug, mit dem er zusammen mit Bianca Mrak
von der Schweiz nach Paris flüchtete.

Häfen-Poet leugnet die 7 Prostituierten-Morde:
Ich war's nicht!

"Krone"-Interview mit Jack Unterweger

Bianca Mrak darf nicht mehr ins Gefängnis: Ihre Mutter hat die Besuche verboten

Faserspuren belasten Jack Unterweger schwer

Faserspuren an der Kleidung der am 5. Dezember 1990 ermordeten Bregenzer Prostituierten sollen vom Futter einer Lederjacke Unterwegers stammen. Major Günther Geiger von der Kriminalabteilung will dies "weder bestätigen noch dementieren".

Die Hoffnungen der Vorarlberger Kriminalisten, Unterweger als Mörder Hammerers zu überführen, stiegen nach den Vorarlberger Untersuchungen eines Zürcher Spezialisten. Der erste Hoffnungsschimmer für die bisher im dunkeln tappenden Landesfahnder.

Unzählige Aufrufe an die Bevölkerung. Wahnsinnsorgien in der Nacht vom 5. auf den 6. Dezember 1990 zu melden, erbrachten keinerlei verwertbare Spuren. So wurde der auffällige Wagen Unterwegers (VW – Jack II) weder

Chargenrichter Dr. Wolfgang Wladkowski ist weiterhin sehr zu versichtlich. Obwohl derzeit wegen eines Familienlebensklassis in Behandlung, bearbeitet er die Akten vom Krankenhausbett aus weiter und steht in ständigem Kontakt mit den Kriminalisten. Wladkowski beinßigte dem KURIER auch ein Besuchsverbot für Unterwegers Freundin Bianca Mrak. Deren Mutter hat jetzt ihrer noch unmündigen Tochter per eingeschriebenem Brief an Wladkowski verboten, weiter Kontakt mit ihrem Untersuchungshäftling zu halten.

● Unterweger: Jetzt entscheidet Washington   ● "Besucht mich im Häfen", bat Häftling   ● Heimkehr mit Fli... Entführer Möser?

Ermittler sprechen vo... "eindeutigen" Beweise...

Jack Unterweger, das weiß die Polizei nicht erst seit ihren jüngsten Ermittlungen, hat zwei Gesichter.

"Good luck to you!" wünschte Richter William Turnoff in Miami dem 42jährigen Österreicher Jack Unterweger, und der Autor wird's brauchen, wenn er in den

...kann keine Beweise gegen mich ge... sagte er. Aber die Ermittler sprache... Donnerstag von neuen und ange... eindeutigen" Beweisen. Aus Miam...

So verteidigt sich der verhaftete Häfen-Poe...

Die Geheimpapier... Jack Unterweger:

Großes Rätselraten um plötzlich angeordnete Ermittlungen in den

US-Justiz läßt Unterweger doch noch nicht heimflieg...

Jack Unterweger kommt heute, Dienstag, nicht nach Wien. "Der Ball liegt bei der US-Justiz. Die hat noch weitere Untersuchungen angeordnet", erklärte eine Sprecherin des Innenministeriums in Wien Montag mittag. Die Überstellung des unter mehrfachem Mordverdacht stehenden Literaten sei "auf unbestimmte Zeit verschoben".

Den exakten Grund dafür konnte oder wollte man in Österreich nicht nennen. Dabei hatten sich die Behörden

Juni und 16. Juli 1991... man ihn ja schon für a... de in der Heimat vera... lich machen möchte, ... man seine Spur gleich... blick auf ungeklärte ... chen in Amerika, ko... Kalifornien, verfolgen... Immerhin sollen z... Zeit, als Unterweger i... mer 1991 in Los Angel... fornien, war und dort s... Gast der Polizei im Fu... fenwagen patrouillie... oder zwei Prostituie... waltsam ums Leben ...

Neue Kronen Zeitung (15.2., 3.3., 1.3. und 2.3.1992)

Kurier (22.6., 5.3., 10.3. und 1.3.1992)

Weinkrämpfe in der Zelle

t 1700,- / Din 30,- / Dr 300,- / Ltqu 5500,- / Ft 95,- / Pts 170,-
anar. Inseln Pts 200,- / DM 2,50 / sfr 2,20 / SLT 60,- / Kčs 8,-

onntag, 1. März 1992 / Nr. 11.418, S 8,–

Neue Mord-Indizien gegen Unterweger

Autor behauptet: Wurde von Freunden verraten

Die Polizei frohlockt nicht nur über Unterwegers Fest-   schwerwiegende Indizien", die sie gegen den Autor gesam-

Unterweger: „Ich will nach Hause!"

4 SEITEN BILDBERICHT

Michael Jeannée berichtet aus Florida:

700,- / Din 30,- / Dr 300,- / Ltqu 5500,- / Ft 95,- / Pts 170,-
r. Inseln Pts 200,- / DM 2,50 / sfr 2,20 / SLT 60,- / Kčs 8,-

USA: Drei Dirnen erwürgt wie in Wien und Graz!

Jack Unterweger: Mordanklage in 11 Fällen!

Bericht auf der Seite 8

Lit 2400,- / Dr 400,- / TL 15.000,- / Ft 120,- / HrD 5000,- / SIT 140,-
Pts 210,- / Kanar. Inseln Pts 240,- / DM 3,- / sfr 2,70 / KC-SK 20,-

Dienstag, 20. Juli 1993 / Nr. 11.917, S 8,-

Neue

Neue Kronen Zeitung (11.3. und 20.7.1992)

Die Weihnachtsfeiertage waren noch nicht vorbei, machte er mir schon wieder einen Vorschlag. Diesmal ging es auf die Gerlitzen zum Schifahren. *Na klar, für einen Spaß unter Leuten bin ich immer wieder zu haben.* Ich wollte Spaß haben und mich in Villach amüsieren. Denn dort gedachte er zu wohnen. Ich freute mich auf Après-Ski und Diskotheken. Doch das alles war bei Besichtigung unserer Unterkunft wieder vergessen. Wir wohnten bei einer seiner zahlreichen Ex-Freundinnen. Und er verstand nicht wirklich, warum ich wütend war. Er flippte aus, wenn ich mit meinem Vater telefonierte, und ich musste bei einer seiner Ex wohnen. *Die Sorte von Frauen, die ihm schon beim Gedanken an seine Gefängnisvergangenheit verfallen sind. Eben die Sorte von Frauen, die beim bloßen Gedanken an seinen tätowierten Body ein feuchtes Höschen bekommen ... Die Sorte von Frauen, die einem Häftling Briefe, gebrauchte Slips und Heiratsanträge schicken. Unverständlich!*

Ich meine, ich habe mich wirklich lange damit beschäftigt. Aber ich fand den Unterschied zwischen mir und seinen „Brief-Freundinnen" irgendwann einmal heraus. Ich war gerade ein Jahr alt, als Jack damals sein Lebenslang-Urteil ausfasste. Ich wusste bei unserer Bekanntschaft zuerst nicht einmal, wer er war. Diese Frauen allerdings suchten sich einen Häftling, den sie bemuttern konnten, der auf sie wartete, der nicht davonlief. Allesamt schwer lebens- und beziehungsunfähig. Mir erzählte Jack den Hergang des damaligen Mordes ziemlich emotionslos und kühl. Ich hatte glatt das Gefühl, in der Geschichtsstunde zu sitzen. Er leierte das runter wie die Geschichts-Professoren einen Part des Zweiten Weltkriegs.

Auszug aus dem Akt von 1976

... Nach dem Obduktionsgutachten des Dozenten Dr. H. hat die Leichenöffnung der Getöteten im Wesentlichen ergeben: Typische Strangmarka (!) am Hals mit einem im Nacken verknoteten Perlonbüstenhalter als Strangwerkzeug, multiple, so genannte Stauungsblutungen in den Bindehäuten beider Augen, mehrfache Verletzungen der Kopfschwarte mit kräftiger Einblutung in die Kopfschwarte, ausgedehnte Einblutung in den linken Schläfenmuskel, massenhaft bis etwa erbsgroße Blutungen am Oberrand beider Schläfenmuskel, Bruch des linken Ringknorpels an seinem vorderen Umfang mit Einblutung in das umgebende Gewebe, zweifacher Bruch des Zungenbeines, zum Teil mit kräftiger Einblutung, mehrfache

Einblutungen in die Weichteile und in die Muskula-
tur des Halses, Schleimhautblutung im Bereich der
Kehlkopfschleimhaut oberhalb der so genannten
Taschenklappen, Einblutung im Zwischengewebe
zwischen Luft- und Speiseröhre unterhalb des Kehl-
kopfes, ausgedehnte Blutergussbildung über dem
linken Schlüsselbein, ausgedehnte flächenhafte Ein-
blutung in die Brustmuskulatur sowie die Halsmus-
kulatur oberhalb des linken Schlüsselbeines, Einblu-
tung in die Zwischenrippenmuskulatur des zweiten
Zwischenrippenraumes rechts. Todesursache ist nach
dem Obduktionsbefund ein Erwürgen mit anschlie-
ßendem Erdrosseln. Nach dem Gutachten des Sach-
verständigen Dr. H. ist offenbar bereits das Erwürgen
todesursächlich gewesen und der Drosselvorgang
nur mehr als sekundär anzusehen. Außerdem konnte
der Sachverständige feststellen, dass dem Tode noch
mehrere Gewalteinwirkungen auf den behaarten
Kopf vorausgegangen sind ...

Christine war über unseren Besuch überglücklich. Sie ver-
wöhnte uns mit Speis und Trank, bis wir platzten. Ich konnte
mich nicht beschweren und musste auch zugeben, dass sie eine
sehr sympathische und mütterliche Frau war. Trotzdem wollte
ich dort nicht wohnen. Scheinbar ging es uns finanziell wirklich
so schlecht, dass wir uns keine Pension leisten konnten. Auf der
Piste war natürlich von Fun keine Spur. Er fuhr Schi wie ein An-
fänger und mir verging bald die Lust darauf. Ich wollte in eine
Hütte, um ein, zwei, drei anständige Glühweine zu trinken, dort

ein wenig Spaß zu haben und nette Leute kennen zu lernen. *Das kann ich mir aber abschminken.* Also war mein Après-Ski eine Brettljause bei Christine. Unser einziger Ausflug war ein kleines Bier in der Altstadt von Villach.

Zurück von unserem Schi-Urlaub, verbrachte ich die restlichen Ferientage recht ruhig, vorerst zumindest. Ich las sehr viel und wollte einfach meine Ruhe haben. Inzwischen er neue Pläne für mich ausheckte, die er mir bei jeder möglichen und unmöglichen Gelegenheit vorkaute. Nur dass ich zu Silvester in der Diskothek am Gürtel arbeiten musste, dazu hatte ich verständlicherweise nicht allzu viel Lust. Ich sah nicht ein, dass ich arbeiten gehen sollte und Jack sein Gehalt vom *Erfolg*-losen Verlag noch immer nicht eingefordert hatte. Diese Ungerechtigkeit wollte ich mir nicht gefallen lassen. Er wiederum sprach von einer Geschichte über die Wiener Unterwelt und versprach gleichzeitig einen ansehnlichen Betrag – als seinen Beitrag für den Haushalt.

Ich könne mir dies alles schenken, wenn ich mich doch nur entschließen könnte, in die Schweiz arbeiten zu gehen. Man würde in den drei Wochen der Fastnacht genauso viel verdienen wie in drei Monaten in der Diskothek. Die Fastnacht sei eine einzige Party – über die gesamte Schweiz verteilt. Die Bars würden mit Kitsch und Kunst geschmückt, die Bardamen servierten den Gästen ihre Getränke leicht bekleidet bis Oben-ohne. Von Kanton zu Kanton verschieden, das hänge von der jeweiligen Gesetzeslage ab. Die Menschen seien ausgelassen und fröhlich, jeden Tag würden sie sich verkleiden und in diverse Bars gehen, um sich sinnlos zu betrinken. Ich müsste bloß Oben-ohne servieren oder so. Ganz genau wusste er das allerdings dann auch nicht.

Ich wollte allerdings überhaupt nichts davon hören und machte brav weiter wie bisher, ich ging wieder mit mäßigem Erfolg zur Schule und bemühte mich, allerdings auch nur mäßig, um den häuslichen Frieden. Das war leichter gesagt als getan. Ich hatte seit all diesen Vorfällen jegliches Vertrauen zu Jack verloren, wollte allerdings meinen Fehler bei meiner Mutter nicht zugeben. Zusätzlich wurde ich sogar schon von meinen Freunden unter Druck gesetzt! Die eine verlangte doch glatt von mir, ich solle mich zwischen Jack und ihr entscheiden. Andernfalls sie mir die Freundschaft kündigen wolle. *Prima Optionen!* Ergo dessen lichtete sich auch mein kompletter Freundeskreis. Und zwar drastisch! Das brachte mich aber noch immer nicht zum Nachdenken, im Gegenteil, ich wurde immer sturer.

Nicht viel später drückte mir mein fürsorglicher Verlobter eine *Kronen Zeitung* in die Hand. „Im Anzeigenteil hab ich dir was angestrichen ..." Das war doch dann glatt eine Anzeige von einer Schweizer Agentur für die Fastnacht. *Also wirklich, kann ich denn nicht eine seriösere Arbeit bekommen?* Er gab mir dasselbe Selbstvertrauen, das wohl eine Hetäre von ihrem Zuhälter vermittelt bekommt. Richtiggehend gedrängt hat er mich zu diesem Job! Er erklärte das mit dieser angeblichen Geschichte über die Wiener Unterweltszene, die noch immer anhängig war. So könne er in Ruhe arbeiten und sich auf seine Story konzentrieren. *Er tut gerade so, als will er sich dem Pulitzerpreis entge-*

gen schreiben. Sauber! Auf der anderen Seite dachte ich wieder, dann käme ich mal aus Wien raus und würde so auch ein wenig Abstand zu Jack gewinnen können. Ich war an einem Punkt angelangt, an dem ich ernsthaft über eine Trennung nachdachte. Ich belog Jack immer öfter, um zu ein wenig Freiraum zu kommen. Und er engte mich immer mehr ein. *Ich kann mir kaum vorstellen, dass es in einem Harem strenger zugeht.* Meine Energieferien näherten sich und ich sollte zu deren Beginn bereits in der Schweiz sein. Der Mann von dieser Schweizer Agentur, mit dem ich gesprochen hatte, hatte mir versichert, dass ich nicht Oben-ohne zu arbeiten hätte, sondern bloß leicht beschürzt. *Na gut, das werde ich auch überleben.* Aber vorher hatten wir noch einen Ausflug nach Linz und Stuttgart zu absolvieren. In Linz wollte Jack eine Informantin für eine seiner Unterweltler-Geschichten treffen, in Stuttgart eine alte Freundin, mit der er während seiner Haft regen Briefkontakt gepflegt hatte. Ich verabschiedete mich noch brav per Telefon von meiner Mutter und teilte ihr mit, dass ich drei Wochen in der Schweiz arbeiten würde. Ihre Begeisterung hielt sich natürlich wieder mal in Grenzen.

Am Tag der Abreise war Jack fröhlicher als ich, und das schien mir angesichts seiner Eifersucht doch ein wenig unangebracht. Ich hatte ein ungutes Gefühl und wurde es partout nicht los. Bei unserem ersten Zwischenstopp in Linz hielten wir vor einem Freudenhaus namens *Villa Ostende*. Dort erwartete uns eine gewisse Ernestine Bäcker, Jacks Informantin und Präsidentin der Vereinigung der Österreichischen Prostituierten. Die Dame war bereits aus dem besten Alter heraus und hatte die klassische Venus-von-Willendorf-Figur, ein schweres Parfum und Zentimeter dick die Schminke aufgetragen. Aber sie war außerordentlich freundlich zu mir und bemühte sich um mein Wohlergehen. Das war damals aufregend, weil ich solch ein Etablissement noch nie von innen gesehen hatte. Nach der anfänglichen Begeisterung wuchs mein Interesse an dem Gespräch, ich hielt mich zwar zurück, aber als stiller Zuhörer teilzunehmen, hatte doch etwas. Ich trank in aller Ruhe meinen Kaffee und lauschte andächtig. Sie redeten über die soziale Benachteiligung der käuflichen Damen und die Ungerechtigkeit der österreichischen Gesetze. Sie müssten zwar Steuern für ihre horizontalen Dienste an Vater Staat abliefern, doch sozialversichert wären sie nicht. Dann fragte Jack die gute Dame noch über die Prostituiertenmorde aus. Was denn die Szene davon halte. Darüber hörte ich damals zum ersten Mal in meinem Leben. Als der letzte Mord begangen wurde, war ich gerade mal siebzehn und daher war dies völlig an mir vorübergegangen. Natürlich mache man sich Sorgen über die Zustände. Das Leben auf der Straße wurde nicht sicherer und die guten Damen immer öfter Opfer von sexuellen Übergriffen. *Also Aufruhr im Sperrbezirk!* Mir sagte das alles nichts, und so wollte ich bald nur raus aus diesem Peripherie-Puff. Nach einem Abschiedszeremoniell mit Bussi-Bussi fuhren wir endlich weiter nach Deutschland.

Als wir uns dem Grenzübergang Walserberg näherten, wurde Jack zunehmend nervöser. Und als hätte er das vorausgeahnt, wurde der Zöllner bei der Passkontrolle ebenso nervös. Er verlangte unsere Pässe und verschwand damit im Bürogebäude. Wir wurden aufgefordert mitzugehen. Man steckte meinen Pass in ein Lesegerät und gab ihn mir anstandslos zurück. *Also an mir kann es nicht liegen!* Der Zöllner wiederholte die Prozedur mit Jacks Pass, als der Computer irgendwelche Töne von sich gab. *Was ist denn jetzt los?* Es stellte sich alsbald heraus, dass wohl etwas gegen Jack vorliegen müsse, denn uns wurde die Ausreise verweigert. Ich war total perplex und verstand die Welt nicht mehr. Jack regte sich im Auto noch mal schnell künstlich auf und schmiedete dann bereits an Plan B.

Dieser sah so aus, dass wir einen beträchtlichen Umweg machen mussten, um zu dem kleinen Grenzübergang in Freilassing zu gelangen. Dort glückte uns dann auch die Ausreise.

Aber wir hatten noch einen elendslangen Weg vor uns. Und da noch immer keiner von uns beiden einen gültigen Führerschein besaß, ermahnte ich ihn immer wieder zu konsequenten hundertdreißig Stundenkilometern. Er wiederum präsentierte mir bei hundertachtzig Sachen auf der Au-

Landesgendarmeriekommando f. Stmk
Kriminalabteilung
Straßganzerstraße 280
8021 Graz,   Postf. 1148

GZ P 907/91/1   Graz, am 28. Mai 1992

A U F L I S T U N G

1) Taschenkalender 1992 "Radio Bauer"
2) zwei Tickets Nr. 0999555736 und 0999555740
3) Einzahlungsbeleg ARBÖ S 690.--
4) ARBÖ Sicherheitscard
5) eine KFZ-Kundenkarte
6) zwei Clubkarten Miami
7) ein Blutspenderausweis 000100034 B pos Jack Unterweger
8) Versicherungskarte, Erste Allg. ausgest. auf Jack Unterweger
9) eine KFZ-Steurkarte für PKW VW Passat, Kz W-286 DL
10) ein Reisepaß Nr. U 0360601 Jack Unterweger
11) ein Zulassungsschein für PKW VW Passat, Kz W-286 DL
12) ein Blutspenderausweis B pos, ausgestellt für Jack Unterweger
13) ein Personalausweis Nr. 4881545 für Jack Unterweger
14) ein Presseausweis Nr. 3/91 ausgestellt für Jack Unterweger
15) eine Menuekarte
16) ein Paperbox-Führerschein Nr. 0855791 ausgestellt für Jack
     Unterweger (Fälschung)

tobahn mit stolz geschwellter Brust seinen „Führerschein": ein Jux-Dokument mit vollkommen schwachsinnigen Textinhalten und einem Foto von einem Schimpansen. Den hatte er angeblich von einer seiner unzähligen Freundinnen geschenkt bekommen. Diesen rosa Schein hatte er dann aber noch in liebevoller Bastelarbeit ganz nach seinem Geschmack verfeinert. Über das Foto des Schimpansen hatte er sein Konterfei geklebt und sich auch die Metallnieten selbst reingestanzt. *Da lässt er seiner Kreativität freien Lauf. Das sieht sogar ein Blinder! Ein wenig mehr Intelligenz hätte ich ihm allerdings auch zugetraut. Da ist er original lebenslänglich für den Führerschein gesperrt und glaubt doch allen Ernstes, damit im Ausland durchzukommen.* Gott sei Dank gerieten wir nie in eine Verkehrskontrolle.

Spät am Abend kamen wir in einem noblen Vorort von Stuttgart an. Wir blieben schlussendlich vor einer feudalen Villa stehen, wo uns eine Frau in Empfang nahm. Die Dame, die mir

Jack als Rosalinde vorstellte, war eine Frau mit einem Auftreten, das sich auch in ihrer Villa widerspiegelte. Wirklich geschmackvoll im italienischen Stil eingerichtet.

Sie war vor kurzem erst Mutter geworden und sah trotzdem so aus, als wäre sie einem Modemagazin entsprungen. Ich dachte wieder einmal, ich wäre im falschen Film. Da stellte er mir zuerst eine alternde Nutte aus Linz vor und dann dieses Geschöpf. Ich war allerdings zu erschöpft und wollte eigentlich nur ins Bett. Uns wurde ein Zimmer unter dem Dach angeboten, was ich dankbar annahm. Ich verabschiedete mich keine zwanzig Minuten nach unserer Ankunft Richtung Bett. Jack wollte noch in alten Erinnerungen schwelgen, und so kam ich zu einem recht erholsamen Schlaf.

Früh am nächsten Morgen wurde uns ein Frühstück kredenzt, und schon waren wir wieder auf der Autobahn Richtung Schweiz unterwegs. Denn wir hatten den ganzen Weg nach Gossau im Kanton Sankt Gallen zu bewältigen. Und das war mehr als reichlich breit! Aber auch das hatten wir bis am späteren Nachmittag geschafft. Er verfrachtete mich in die Bar, das *Pub Nationale*, das in den nächsten drei Wochen mein Zuhause sein sollte, versprach mir noch einen regen Briefwechsel und ständige Telefonate – und futsch war er. *Der hat es aber hochgradig eilig, dieser abtrünnige Mensch!*

Ich sprach mit dem Besitzer der Bar, die nicht größer als sechs mal drei Meter war. Ausstaffiert mit allem möglichen und unmöglichen Faschingsschmuck, sah es drinnen aus wie in einer Räuberhöhle. *Eigentlich ganz witzig.* Er erklärte mir dann aber meine Dienstzeiten, was sofort zu einem neuerlichen Schock meinerseits führte. Ich sollte täglich von drei Uhr nachmittags bis fünf Uhr früh arbeiten. Das hieß nach Adam Riese mindestens vierzehn Stunden hinter einer Theke stehen. Und das die nächsten einundzwanzig Tage, durchgehend ohne Ruhetag. Mein Zimmer, welches sich genau über der Bar befand, war eine Schande. Das Bett durchgelegen, die Ausstattung entbehrte jeglichen Luxus, was in der Tatsache der allgemeinen Gangdusche und Toilette gipfelte. Das alles entpuppte sich allerdings als das kleinste aller Übel, in die ich noch geraten sollte.

Monika, die Frau von Herbert, dem Lokalbesitzer, war eine junge Frau, die immer ein offenes Ohr für diverse Problemchen hatte. So half sie mir auch bei der Auswahl an Reizwäsche und zeigte mir den Weg zum nächsten Supermarkt, um dort Strapse und diverse andere „notwendige" Artikel zu besorgen. Sie begutachtete meine mitgebrachte Garderobe und empfand alles dann doch für ein wenig zu keusch. Sie ließ mir allerdings die freie Wahl, wie ich mich kleiden wollte. Doch machte sie mir auch den Mund wässrig – mit einer einfachen Gleichung: Weniger Wäsche + gute Laune = mehr Mäuse für jeden von uns. Das kapierte sogar ich! Also grub sie im Fundus die schrägste Wäsche für mich aus, die zu finden war. So trug ich meistens einen Büstenhalter mit dazu passendem Slip, darüber ein neckisches Baby-doll, welches in durchsichtigem Tüll gehalten war. Und das Ganze in sündigem Rot oder Schwarz. *Diesmal sehe ich aus, als wäre ich einem schlechten Siebziger-Movie entsprungen! Alles rächt sich irgendwann mal.*

Der nächste Schock folgte auf dem Fuß. Ich sollte noch an diesem Tag mit der Arbeit beginnen. *Da habe ich eine Weltreise hinter mir und soll gleich mit dem Job beginnen!* Ich entschuldigte mich und lief zum nahe gelegenen Postamt, um Jack am Handy zu sagen, er möge mich auf der Stelle und im Galopp gefälligst hier wieder abholen. Ich war müde, gereizt und unleidlich. Zu diesem ohnehin schon hochgradig gefährlichen Zustand war dieser Sack obendrein auch nicht erreichbar! Ich konnte meinen Zorn nicht bändigen und beschloss endgültig, diese drei Wochen

„abzusitzen", mein verdientes Geld für mich zu behalten und mich anschließend unverzüglich von diesem Sklaventreiber zu verabschieden.

Der Dienst war wirklich nicht so schlimm, wie ich es anfangs befürchtet hatte. Aber aufgrund der Tatsache, dass ich quasi halbnackt war, hatte ich zuerst ein Riesenproblem zum Dienst zu erscheinen. Das legte sich aber relativ schnell, weil erstens die Beleuchtung recht schummrig war und die Schweizer Männer schwer kultiviert waren. Das hätte ich mir nicht gedacht. Ich hatte insgeheim mit sabbernden und grapschenden Wüstlingen gerechnet. Aber sie behielten ihre Hände brav an den ihnen erlaubten Stellen und ich hatte nicht mal mit einer Hand an meinem Allerwertesten zu rechnen.

Ich hatte bloß ein anderes kleines Problem: Ich verstand kein Wort! Die Schweizer unter sich sprechen so schnell, dass sie selbst nicht mitkommen können, geschweige denn jemand, dem dieser Dialekt nicht geläufig ist. Also musste ich mich mal eingewöhnen, was schneller ging, als ich dachte. Ich war richtig gut im Erwerb meiner neuen Sprachkenntnisse. Und natürlich war es für unsere Gäste ein Heidenspaß, mir gleich mal die komischsten Schimpfwörter beizubringen. Nach der ersten Nacht hinter der Bar war ich so aufgekratzt, dass ich erst zum Supermarkt ging, um mir Obst und Mineralwasser zu kaufen. Denn die Mahlzeiten bestanden nur aus Tiefkühl-Baguettes, welche eigentlich als Snack in der Bar verkauft wurden. Zurück in meinem Zimmer fiel ich wie tot ins Bett, als ich nach scheinbar zehn Minuten Schlaf durch lautes Klopfen an der Zimmertür wieder geweckt wurde. Aber welch Wunder, es war bereits zwei Uhr nachmittags und die nächste Nacht stand an. Ich hatte ein Schlafdefizit, das sich gewaschen hatte, und ich war so richtig übel gelaunt. Wie ich das überstehen sollte, war mir nicht klar.

Nach einer schnellen Dusche und neuem Outfit verschwand ich durch den Hintereingang und beeilte mich zur Post. Ich wollte diese untreue Seele von Jack unbedingt erreichen. Allerdings war auch diesmal das Mobiltelefon nicht eingeschaltet und zu Hause lief nur der Anrufbeantworter. Diesem teilte ich meine frisch erworbenen Schimpfwörter mit und bat dann aber ziemlich kleinlaut um Rückruf. So ging ich unverrichteter Dinge wieder in die Bar und versah meinen Dienst.

Schön langsam verstand ich ja auch meine Gäste, die allesamt um mein Wohlbefinden besorgt waren. Ich hatte Heimweh und wollte eigentlich nur weg, was man mir nur unschwer vom Gesicht ablesen konnte. Gerade als es in dieser zweiten Arbeitsnacht lustig wurde, klingelte das Telefon. *Jack! Eh klar, wenn man ihn braucht, ist er meist nicht da, ist es mal lustig, ruft er sich sofort ins Gedächtnis. Da hat er zweifelsohne den sechsten Sinn!* Aber ich besann mich auf mein Vorhaben, ihm jetzt richtig die Meinung zu geigen! Zuerst hielt ich ihm vor, dass er mich wohl nicht schnell genug loswerden konnte, um dann zusätzlich auch nicht erreichbar zu sein. Was er denn die vergangenen zwei Tage getrieben hätte, wollte ich wissen. Er flötete mir ins Ohr und meinte nur, er habe Erholung nach der anstrengenden Fahrerei gebraucht. Auch sei er nach meiner Ablieferung in der Schweiz noch einen „Hupfer" bei seiner Mutter in München gewesen. Die mich im Übrigen ganz lieb grüßen ließe! *Ich verzichte auf sämtliche Grüße, ich will weg!* Aber nein, da war ja noch diese unglaublich wichtige Geschichte mit der Unterweltler-Story! Er redete auf mich wie auf eine kranke Kuh ein, sodass ich mich bald wieder meinem Schicksal fügte.

Ich hängte ein wenig enttäuscht auf und machte weiter mit meiner Arbeit, die mir zusehends mehr Spaß machte. In den nächsten Tagen bekam ich aber unglaubliche Schmerzen in Rücken und Beinen. Ich stand schließlich meist länger als vierzehn

Stunden auf zehn Zentimeter hohen Absätzen, die mich langsam aber sicher umbrachten. Ich hatte nicht nur mit meinem momentanen psychischen Tief zu kämpfen, sondern auch noch mit echten körperlichen Beschwerden. Zusätzlich war das Wetter wirklich ein Witz! Grau in Grau, ohne Schnee. Und das wechselte sich nur mit der Dunkelheit ab, wodurch sich meine Laune auch nicht hob.

Nach zehn Tagen Dienst rief mich Jack spät in der Nacht an und ich weinte am Telefon, weil ich mit meinen Nerven echt schon am Sand war. Plötzlich tippte mir jemand ganz sachte auf die Schulter, dem ich jetzt gehörig die Meinung mitteilen wollte. *Wie kannst du es wagen, mich bei meinem Telefonat zu stören?* Doch als ich mich umdrehte, stand Jack vor mir und grinste aus seiner Panier, als wäre er der Leibhaftige in Person! Ich konnte meinen Augen zuerst nicht trauen. Aber er war es doch. Er war bereits seit einer halben Stunde im Lokal in einer dunklen Ecke gestanden und hatte mich eingehend beobachtet, bevor er sein Mobiltelefon zückte und mich anrief. *Peinlich, peinlich! Da steht er schon eine gute Viertelstunde im Lokal rum, und ich, ich als Kellnerin habe ihn nicht mal gesehen. Da muss ich an meiner Geschäftsstrategie noch gründlich feilen.* Er meinte, er komme nur auf einen Kurzbesuch, bereits am nächsten Tag würde er wieder gen Heimat reisen, nur die Sehnsucht hätte ihn in die Schweiz getrieben. Eben all die Dinge, die ich in dieser Situation hören wollte. *Er hat es echt drauf. Dieser verlogene Arsch!*

Zu fortgeschrittener Stunde bekam er von mir den Zimmerschlüssel, um schlafen zu gehen. Irgendwann im Morgengrauen schlich ich mich dann in mein Zimmer, wo ich mich unter die warme Bettdecke neben Jack kuschelte. Dass es nicht lang beim Kuscheln blieb, war so was von absehbar, dass es mich schon wieder ärgerte. Aber ich brauchte auch ein wenig Zuwendung nach diesem anstrengenden Job. Wir standen nach etwas mehr als zwei Stunden Schlaf wieder auf und fuhren nach St. Gallen, um ein mittelprächtiges Mittagessen einzunehmen. Anschließend spazierten wir noch in der Innenstadt herum, bis es für mich wieder Zeit war, in die Gänge zu kommen. Ich hatte bereits die nächste Nachtschicht vor mir. Jack begleitete mich bis zum Hintereingang der Bar, wo er sich von mir verabschiedete. Ich ging hoch in mein Zimmer und fing mit meiner Restaurierung an. Denn genau so fühlte ich mich an diesem Nachmittag. Alt, verbraucht und abgestoßen – eben eine Antiquität. Ich versah meinen Dienst wie immer, als gegen fünf Uhr das Telefon läutete. Da ich noch keinen Gast hatte, nahm ich den Anruf selbst an. Mir schlug das blanke Entsetzen aus dem Hörer entgegen!

Jack faselte wirres Zeug. Ich verstand nur Hurenmörder, Polizei, Haftbefehl und Salzburg. Er war völlig aufgelöst und weinte wie ein kleines Kind. Ich sagte ihm zuerst, er solle sich beruhigen und sich dann auf den Weg zurück nach Gossau machen. Offensichtlich dankbar, dass ich das Ruder in die Hand nahm, stand er keine ganze Stunde nach dem Telefonat am Hintereingang. Ich bat meinen Chef um eine kleine Auszeit und redete mit ihm im Auto hinter dem Haus. Er erzählte mir eine unglaubliche Geschichte. Er hätte in seiner Jugend mit einem Salzburger Kriminalbeamten namens Schinner zu tun gehabt, der ihn nur allzu gern wieder hinter schwedischen Gardinen sehen würde. Und der behauptete seit geraumer Zeit, dass Jack der von der österreichischen Justiz schon lange gesuchte Hurenmörder sei. Da Schinner aber schon in Pension sei, bemühe er sich in ganz Österreich um einen recherchewilligen Polizisten, der auch einen Haftbefehl erwirken sollte. Scheinbar sei ihm das jetzt gelungen.

Nun saß Jack neben mir wie ein Häufchen Elend und fuchtelte plötzlich mit einer Pistole vor meiner Nase rum. Er meinte noch, er hätte doch im Sicherheitsbüro (heutige Kriminaldirektion 1) seine „Mitarbeit" angeboten und ausgesagt, was er in Linz und von anderen Informanten erzählt bekommen hatte. Das sei alles purer Wahnsinn und er werde jetzt in den Wald fahren, um sich an Ort und Stelle eine Kugel in den Kopf zu jagen.

Angeblich sei die Journaille in der Heimat voll mit fetten Schlagzeilen über Jack und den Erfolg der Polizei. Einer Eingebung folgend, stellte ich ihm die Frage, wie er davon erfahren hätte. Es folgte ein minutiöser Bericht seiner Heimfahrt. Kurz vor dem Dreiländereck hätte ihn seine Bekannte Iris Postrossa zufällig am Handy erwischt und ihn vorgewarnt. Offensichtlich hatte die gute Frau gewusst, wo er sich befand.

Wie auch immer. Jack wollte abhauen, er wimmerte immer wieder, dass er unter keinen Umständen ins Gefängnis zurückzukehren gedenke und sich notfalls auch das Leben nehmen würde. Das wurde mir bald zu viel, sodass ich zuerst mal nicht ganz uneigennützig vorschlug, meinen Sold zu schnappen und zu kündigen. Ich war mit dieser Situation restlos überfordert. Ich hatte weder eine genaue Vorstellung, worauf ich mich bereits eingelassen hatte, noch darüber, was noch folgen würde. *Weiß der Kuckuck, was zu tun ist.* Heimreise wahrscheinlich, aber dazu war ich ganz ehrlich zu feig! Ich kam zwar auf die glorreiche Idee, allein nach Hause zu fahren, doch verwarf ich diesen Gedanken angesichts des bevorstehenden Rummels sofort wieder. Ich teilte ihm mit, dass ich nicht daran denken würde, allein nach Wien zu fahren. Entweder er käme mit mir mit oder eben umgekehrt. Das war der Beginn der Flucht, die uns über den halben Erdball führen sollte.

Wir gingen zusammen ins Lokal zurück, wo wir dem Chef

Haftbefehl gegen Unterweger – 8 Prostituierte erdrosselt?

Frauen-Morde: Autor als Täter verdächtigt!

Der Schriftsteller Jack Unterweger steht im Verdacht, der seit Monaten gesuchte „Dir-

nen-Killer" zu sein. Der Mann, 1990 gegen Bewährung aus „lebenslanger" Haft entlassen,

soll zu acht Frauenmorden überprüft werden. Ein Haftbefehl besteht (Seite 17).

Er ruft immer wieder an, will sich aber nicht stellen:

Jack Unterweger narrt die Polizei!

BERICHT SEITEN 8/9

Tagebuch belastet Jack Unterweger!

Notizen weisen an Mordtagen Lücken auf

Tagebuch-Notizen, die man in der Wohnung des Autors Jack Unterweger fand, könnten neue Indizien in

Prostituiertenmorden liefern. Es gibt auffallende Lücken zu Tatzeiten. Ferner wird untersucht, ob eine bei

Unterweger gefundene Tränengasdose aus dem Besitz eines Mordopfers stammt (Seite 19).

Fahndung in Schweiz, Deutschland und Italien erfolglos

Jetzt europaweite Unterweger-Suche

Noch immer hat die Polizei keine Spur von dem unter Mordverdacht geratenen Schriftsteller Jack Unterweger und seiner

18jährigen Begleiterin aus Wien. Die Fahndung wurde nun europaweit intensiviert (Bericht Seite 19).

Neue Kronen Zeitung (17.2.1992), Kurier (15.,18. und 19.2.1992)

eine Geschichte auftischten und logen, dass sich die Balken bogen. Mein Vater sei schwer erkrankt, es wäre nicht sicher, wie es ihm morgen ginge und so müsste ich als brave Tochter ans Krankenbett eilen ... Der Chef war natürlich nicht begeistert, mitten in der Fastnacht ein neues Mädchen organisieren zu dürfen. Aber er glaubte mir diese abenteuerliche Geschichte und zahlte mir auch anstandslos meinen Sold aus. In diesen zehn Tagen hatte ich bereits mehr als tausendsechshundert Euro verdient! *Na wenigstens stimmt die Bezahlung!*

Inzwischen hatte Jack in meinem Zimmer meine Sachen gepackt und wartete am Hintereingang. Da er aber immer schon ein recht mitteilsames Kerlchen war, hatte er das unbändige Verlangen nach öffentlicher Rechtfertigung. So kam es, dass wir uns wenig später beim örtlichen Postamt einfanden und die öffentlichen Telefonzellen malträtierten. In meiner Kellnergeldbörse befand sich genügend Kleingeld für seine Verteidigungsreden. Er rief im Sicherheitsbüro an, wo man sich schon auf eine ausgiebige Fahndung vorbereitete. Man wollte Jack überreden, sich zu stellen und so die Situation zu entschärfen. Aber das war natürlich ein Ding der Unmöglichkeit. Er ließ sich auf kein vernünftiges Gespräch mit der Polizei ein und beendete dieses auch ziemlich schnell. Und als hätte er nichts anderes zu tun, rief er noch in der Redaktion des *Kurier* an, wo er die gesamte Litanei einem Reporter vortrug. Doch das brachte ebensolchen Erfolg wie das Telefonat mit der Polizei. *Da sitzen wir nun mitten in der Nacht, mitten in der Schweiz, mitten in einem riesigen Schlamassel und das ist gelinde ausgedrückt noch die harmloseste Beschreibung unserer Situation.*

Er hatte sich nach der ersten Stunde soweit wieder im Griff, dass er über die Zukunft nachdenken konnte. Er sprach über Flucht nach Spanien oder Portugal. Da ja meine Mutter wusste, dass ich mich in der Schweiz aufhielt, hatte er natürlich die nicht

Mord-Dichter auf der Flucht

Sie ist bei ihm

Dienstag, 18. Februar 1992 60 Pf

Bild

UNABHÄNGIG · ÜBERPARTEILICH

Schäden im Gewebe muß man umfassend behandeln.

Mobilat hilft:

Mobilat

Mit Unterweger auf der Flucht:

Ihr Leben in Gefahr!

„Häfenpoet" Jack Unterweger (42)

Nachrichten VON TAG ZU TAG DIENSTAG, 18. FEBRUAR 1992 15

Unterwegers Begleiterin arbeitete in Schweizer Bar

Besorgte Mutter der Wienerin erstattete Vermißtenanzeige

Seite 8 LOKALES Montag, 24. Februar 1992   Montag, 24. Februar 1992 LOKA

Wo ist Bianca geblieben?

Von der 18jährigen Freundin Unterwegers nach einer Woche noch kein Lebenszeichen

---

Bild (17. 2.1992), Krone (18.2.1992), OÖ Nachrichten (18.2.1992), Krone (24.2.1992)

ganz unberechtigte Sorge, dass es hier bald von Polizei nur so wimmeln würde. Und in Zeiten von Faxgerät und Telefon konnte das schneller passieren, als wir schauen konnten.

Und so fuhren wir westwärts Richtung Zürich. Dort angekommen, legten wir einen kurzen Zwischenstopp an einer Tankstelle ein, um uns einen Kaffe zu gönnen und den Tank wieder aufzufüllen. Die Fahrt verlief größtenteils sehr schweigsam. Die einzigen Ausnahmen waren seine sich immer wiederholenden Verteidigungsreden. Ich war mir überhaupt nicht bewusst, in welcher Lage ich mich befand. Ich wollte alles, nur das nicht allein durchstehen. Ich wollte mich keinen Fragen der Polizei stellen. Und schon gar nicht wollte ich etwas mit den Medien zu tun bekommen. Also fuhren wir mehr oder weniger still über Basel bis an den schweizerisch-französischen Grenzübergang Mülhausen.

Jeder Grenzübergang konnte jetzt der Letzte sein. Wir waren reichlich nervös, aber welch Wunder, man wollte nicht mal unsere Pässe sehen. Man winkte uns durch, und schon befanden wir uns auf französischem Boden. Kurz nach der Grenze hielten wir an und schnauften erst mal durch. Ich brauchte ganz dringend etwas zu essen, und nachdem er wusste, wie unleidlich ich werden konnte, wenn ich nichts zu beißen bekam, hielten wir an einer Autobahnraststätte. Und da ärgerte ich mich gleich mal so anständig, dass sogar die Flucht gefährdet war.

Ich hatte damals das fünfte Jahr Französischunterricht hinter mir. Allerdings war Französisch in der Schule etwas ganz anderes, als auf französischem Boden reden zu müssen. Dieser Franzose, der uns bediente, weigerte sich beharrlich Englisch zu sprechen. Mit dieser Arroganz *(die Franzosen weigern sich alle Englisch zu sprechen!!!)* kam ich nicht zurecht. *Wenn ich mich mit meinen nicht wirklich vorhandenen Französischkenntnissen noch länger blamieren muss, ohne was zwischen die Zähne zu bekommen, werde ich alsbald ein klein wenig auszucken!* Aber ich schaffte es – ohne ein Wort Englisch –, zwei Tassen Kaffee und zwei Croissants zu bestellen. Einigermaßen besänftigt, berieten Jack und ich über den weiteren Verlauf der Flucht.

Die Anspannung der letzten Stunden war jetzt freilich deutlich zu spüren, und so schlug Jack vor, im Wald an der Autobahn zu übernachten. Das war allerdings so ziemlich das Letzte, was ich mir vorstellen konnte, da ich an regelrecht hysterischen Panikattacken leide, wenn ich an Wald und Nacht in einem Zusammenhang denke. Es war schon immer mein schlimmster Albtraum, der hier und jetzt in Erfüllung gehen sollte. Nach einem kurzen, aber heftigen Veto meinerseits versprach mir Jack schließlich, dass wir auf der Ladefläche seines Passats nächtigen würden und ich keinen Schritt nach draußen machen müsste. Das war zwar nur ein schwacher Trost, aber die Müdigkeit war schließlich erster Sieger. So fuhr er von der Autobahn ab und suchte einen Waldweg, den er befahren konnte. Nachdem er einen geeigneten Platz gefunden hatte, stellte er den Wagen ab, legte die Rücksitze um und erhielt so eine Liegefläche, die für zwei erwachsene Personen reichte. Trotz der Horrorszenarien, die sich in meinem Kopf abspielten, fand ich ziemlich rasch Schlaf. Der aber wie immer nicht ausreichte, als Jack mich in der Morgendämmerung weckte. Er wollte so schnell wie möglich weg. *Verständlich, mir wäre von Anfang an lieber gewesen, ich hätte auf diesen Schlafplatz ganz verzichten können.*

Wir kehrten wieder bei einer Autobahnraststation ein, um uns Kaffe und Croissants zu genehmigen. Nach dieser Stärkung fuhren wir südwärts Richtung Lyon. Auf halber Strecke änderte Jack wieder mal den Plan, jetzt sollten wir doch nach Paris fahren. Erstens gäbe es da einen internationalen Flughafen, und falls das nichts wäre, sei Paris immer noch eine Millionenmetropole, in der uns bestimmt niemand finden würde.

Kurz vor Paris wiesen uns die ersten Schilder schon in Richtung Flughafen Orly. Wir fuhren auf eines der zahlreichen Parkdecks, ließen das Auto stehen und betraten die Abflughalle. So einen riesigen Flughafen hatte ich mein Lebtag noch nicht gesehen. Die Eindrücke erschlugen mich förmlich. Am liebsten hätte ich mich an einen ruhigen Ort hingesetzt und nur die Leute beobachtet. *Daran ist natürlich nicht zu denken!*

Jack schlich schon um die Ticket-Schalter herum und erregte jetzt meine Aufmerksamkeit. *Der will doch nicht etwa mit seinem nicht vorhandenen Englisch zwei Tickets kaufen! Noch auffälliger geht es wirklich nicht!* Ich zischte ihm zu, dass er sich gefälligst zusammenreißen solle. Er starrte ganz fasziniert die Tafel mit den weltweit verstreuten Abflugs-Destinationen an. Jack schlug wie aus heiterem Himmel vor, doch den Flug nach Miami zu nehmen, dort würden uns die bösen Polizisten nie und nimmer finden, außerdem sei das der erste Flug, der Paris verließ.

Der Gedanke gefiel mir insofern, als ich noch nie in einem Flieger gesessen hatte, geschweige denn jemals gedacht hätte, mal nach Amerika zu kommen. Und so stimmte ich wieder ohne zu überlegen zu. Der Flug ging in eineinhalb Stunden, so blieb auch noch ein wenig Zeit, um Waffe sowie Auto verschwinden zu lassen.

Zuerst mussten wir uns aber um einen Platz für diesen Linienflug bemühen. Das stellte sich als das kleinere Problem heraus. Denn die Amerikaner wollten bereits am Pariser Flughafen Orly wissen, warum denn nur zwei One-Way-Tickets gekauft würden, die Jack übrigens intelligenterweise mit seiner Kreditkarte bezahlte. Die Amis haben seit jeher ein Problem mit Einreisewilligen. Sie wollen wissen, welchem Zweck die Reise dient und wann man wieder ausreist, Vorbestrafte sowie geistig abnorme Personen sind von vornherein gar nicht erwünscht. Aber auch für dieses Problem fiel uns schnell eine Ausrede ein. Wir behaupteten, dass wir Jacks Vater, diesen ominösen amerikanischen GI-Soldaten, suchen und besuchen wollten und noch nicht genau wüssten, wann wir die Heimreise anzutreten gedächten. Erstaunlicherweise glaubte uns das der Fluglinienbedienstete hinter dem Schalter sofort.

Mit zwei Flugtickets von Paris über New York nach Miami ausgerüstet, machten wir uns kollektiv an die Verwischung unserer Spuren. Jack wollte doch allen Ernstes das Auto am Parkdeck stehen lassen. Ich riet ihm, es in einer nahe gelegenen Tiefgarage abzustellen, die Nummernschilder abzumontieren und diese gemeinsam mit der Waffe irgendwo verschwinden zu lassen. Er machte sich sofort auf den Weg, und ich konnte endlich mal ein paar Minuten allein sein und die Eindrücke auf mich wirken lassen. Nach etwas mehr als einer Dreiviertelstunde kam er völlig außer Atem zurück in die Abflugshalle, wo ich mit unserem spärlichen Gepäck auf ihn wartete.

Nachdem wir endlich eingecheckt hatten, begaben wir uns zum Flugsteig. Kurze Zeit und lange mulmige Gedanken später befanden wir uns im Flugzeug auf dem Weg nach New York. Bei Jack war die Anspannung noch immer nicht zu übersehen. Da wir uns in einer halb vollen Maschine befanden und die letzten Stunden zumindest bei mir ihren Tribut gefordert hatten, machte ich mich über die benachbarten Sitzplätze her und verschlief so den größten Teil des Fluges.

Irgendwann kurz vor der Zwischenlandung in New York weckte mich Jack. Wir hatten knapp vier Stunden Aufenthalt am John-F.-Kennedy-Flughafen vor denen mir jetzt schon graute. Mittlerweile kam Jack nämlich schon wieder mit neuen Ideen bei mir an. „Wir könnten doch in New York bleiben, in solch einer Millionen-Metropole findet uns garantiert niemand ..." – „Dass wir uns da aber auch einige neue Klamotten kaufen müssten, hast du das auch bedacht?" – „Warum?" *Warum wohl? Richtig schnell von Begriff ist er ja nie wirklich!* In Miami hatte es zu dieser Jahreszeit um die dreißig Grad Celsius, in New York allerdings war es tiefster Winter. Außerdem hatten wir den Flug nach Miami gebucht, warum sollten wir in New York unsere Pläne ändern und vielleicht noch erklären müssen, dass wir unser Gepäck jetzt plötzlich auf halber Strecke haben wollten.

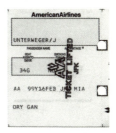

Also bestiegen wir den Kürbisbomber (denn mehr war es nicht) nach Miami. So

sicher ich mich in der ersten Maschine gefühlt hatte, so verging mir das gleich beim Platznehmen in der nächsten. Das Licht an Bord funktionierte nur spärlich, pausenlos fiel das Video mit den Sicherheitsvorkehrungen aus, und auch das Service nahm es offenbar nicht so genau. Obendrein machten uns schwere Turbulenzen zu schaffen, sodass wir einige Male kurz vor Verwendung der Kotz-Tüten standen!

Nach den paar Stunden Flug gen Süden kamen wir irgendwann gegen zweiundzwanzig Uhr Ortszeit in Miami an. Schon
beim Verlassen der Maschine fiel uns der eigenartige Geruch,
der in der Luft lag, auf. Man konnte den Ozean wirklich riechen.
*Und man kann noch so manch anderes. Zum Beispiel aus der
Haut fahren.* Wir hatten natürlich noch unsere Winterklamotten
an, die sich bei siebenundzwanzig Grad Celsius und einer Luft-
feuchtigkeit von über neunzig Prozent gar nicht gut machten.
So schnell es ging, entledigten wir uns der Gewänder. So schnitt
ich mir mit einem Taschenmesser von Jack die Strumpfhose unter den Jeans heraus und warf meine Lederjacke in den Müll.
Nachdem uns nun leichter war, organisierten wir uns ein Taxi.
„You bring us to young people-hotel for sleeping!" Ich bat Jack
nun zum wiederholten Male, endlich den Mund zu halten, da
ich mir sein englisches Gestammel nicht mehr anhören konnte.
Der Taxifahrer sollte uns zu einer Jugendherberge bringen, wo

wir uns in aller Ruhe überlegen konnten, wie wir weiter machen wollten. Kurze Zeit später hatte er uns in South Miami Beach vor einer Baracke von einem Hotel abgeliefert und war auch schon wieder weg. Kein Wunder, wie sich wenig später herausstellen sollte. Die Zimmer des Hotels *Franklin* waren erstaunlicherweise ziemlich billig, wir bezahlten für zwei Tage hundertzehn US-Dollar, aber es kreuchte und fleuchte nur so. Wie alles in Amerika überdimensioniert ist, so waren auch die US-Kakerlaken sicher an die sechs Zentimeter lang und kamen sogar aus dem Loch an der Decke, das wohl die Brause sein sollte. Also vor dem Duschen hieß es erst mal Wasser lassen ... Wir waren aber beide zu geschafft, um uns noch glaubwürdig beschweren zu können.

Am nächsten Morgen beschlossen wir umzuziehen, ausnahmsweise mal einer Meinung. Nach einem Frühstück bei *McDonalds*, das Gepäck ließen wir im Hotel *Franklin*, schlenderten wir durch South Beach. Jack kaufte sich eine *USA Today* und fand doch tatsächlich auch den Inseratenteil.

Wir durchforsteten die Anzeigen nach einem Zimmer und schlenderten so nebenbei durch die Straßen. Mit der Zeit aber fiel uns auf, dass an nahezu jeder zweiten Ecke Plakate, die freie Zimmer anboten, an den Häusern hingen. Wir sprachen mit diversen Managern, die man bei uns einfach „Hausmeister" nennen würde. Aber die legten echt viel Wert auf die richtige Anrede. Wir fanden ein Appartement ziemlich nahe beim *Franklin*.

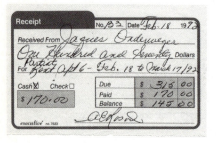

Der Vermieter, ein gewisser John Schnarch, händigte uns sofort einen Mietvertrag aus, den Jack mit „Jaques Onderweger" ausfüllte. Das Appartement war in 1115 Euclid Avenue South Miami Beach und wir bezahlten dreihundertfünfzehn Dollar

APARTMENT LEASE   RAMCO   FORM 30

Apartment Lease

THIS LEASE, made this __18__ day of __February__ A.D., 19 __92__ by and between __JOHN SCHNARCH__, owner and proprietor of the __Building at 1115 Euclid Ave. MIAMI BEACH, FL__ his duly authorized agent, both of __MIAMI BEACH__ hereinafter called the Lessor, and __JAQUES ONDERWEGER__ of __1115 Euclid Ave. MIAMI BEACH, FLORIDA__ hereinafter called the Lessee_____,

WITNESSETH, That in consideration of the sum of __$315.00 - MONTHLY__ Dollars paid by the Lessee_____, which said sum is hereby acknowledged to have been received as part payment of rents accruing under this Lease, and in the further consideration of the covenants, agreements and conditions herein contained, on the part of the Lessee_____ to be kept, done and performed, the said Lessor does hereby lease to the Lessee_____ Apartment No. __6__ on the __1st__ floor in the __LEFT SIDE__

_____, situated at __1115 EUCLID AVE. MIAMI BCH, FL.__ with the full understanding that __1__ family consists of __2__ adults and ____ child ____ and no more.

TO HAVE AND TO HOLD THE SAME for the full term of __ONE YEAR__ from the __18th__ day of __February__ A.D., 19 __92__ to the __17th__ day of __February__ 19 __93__, the said Lessee yielding and paying to the Lessor therefor the total rent of __$3,780.00__ _____ Dollars.

And the said Lessee_____ covenant_____ with the Lessor to pay said rent in advance in __1__ payments, the first payment of __$315.00__ Dollars on the __18th__ day of __February__ A.D., 19 __92__, which said sum has been paid and acknowledged herein, and the remaining payments as follows, namely:

① A CHARGE of $25.00 of rent is paid five (5) days after the due date.
② Security Money can not be used to pay Rent.
③ No MORE THAN TWO PEOPLE CAN LIVE IN THE APARTMENT.
④ No Pets Allowed in the apartment
⑤ TWO (2) MONTH ADVISE BEFORE MOVING TO GET DEPOSIT BACK

AND THE SAID LESSEE_____ further covenant_____ and agree_____ not to use nor permit to be used the premises leased for any illegal, immoral or improper purposes; not to make nor permit any disturbance, noise or annoyance whatsoever detrimental to the premises or to the comfort and peace of any of the inhabitants of said building or its neighbors, and particularly, said Lessee_____ agree_____ that under no circumstances will _____ NOT _____ allow or permit their child or children to play in the halls, lobby, porches or stair-cases of said building or in any other way to annoy the tenants of other Apartments, and the Lessor does hereby reserve the right to terminate this lease at any time this condition is permitted to exist; not to assign this lease nor sub-let any part of the premises here leased, except with the written consent of the owner and only at a price which shall be an amount not less than the proportional rate for the full term; not to use said premises for any other purpose than as a private dwelling for the members of __2 PERSONS__ family; to pay the cost of repairing all damage to the apartment occasioned by the Lessee_____ or any of _____ family; and especially the cost of removing foreign substances from toilets and sinks.

AND THE LESSEE_____ hereby covenant_____ and agree_____ that if default is made in the payment of rent as above set forth or any part thereof, or if said Lessee_____ or_____ family shall violate any of the covenants, agreements and conditions of this lease, then the Lessee_____ shall become a tenant at sufferance, and the entire rent for the rental period next ensuing shall at once be due and payable and the Lessee will at the end of h_____ term without demand quietly and peaceably deliver up the possession of said premises in as good condition as they now are (ordinary wear and the decay and damage by fire or the elements only excepted).

SAID LESSEE_____ hereby acknowledges receipt of the articles enumerated on the reverse side of this lease and by agreement made a part hereof and further covenants and agrees to assume full responsibility for said articles and to make good any damage or deficiency therein at the expiration of this lease; to return all linens clean and pay for cleaning of same upon termination of lease.

CARPET, KITCHEN CABINETS DAMAGE.
CANDLE WAX on CARPET & CABINETS.

And the Lessor, upon performance of the said covenants, agreements and conditions by said Lessee_____ hereby covenants that the said Lessee_____ shall have the quiet and peaceable enjoyment of said premises, herein reserving the right to inspect said premises as often as shall be deemed necessary and to show the apartment at reasonable hours to prospective tenants during the thirty days next prior to the expiration of this lease.

Witness our hands and seals this __18th__ day of __February__ A.D. 19 __92__ Signed and sealed in the presence of.

_____   _____ (Seal)
                                      Lessor.

_____   _____ (Seal)
                                      Agent for Lessor.

_____   X __Jaques Onderweger__ (Seal)
                                      Lessee.

_____   _____ (Seal)
                                      Lessee.

für einen Monat. Nicht aber ohne vorher sechshundertdreißig Dollar Kaution zu hinterlegen. An dieser Stelle Grüße an John Schnarch, denn die Kaution erhielten wir natürlich nie zurück. Da das Appartement aber noch gereinigt werden musste, konnten wir erst am nächsten Tag einziehen. Also noch eine Nacht in der Kakerlaken-Hochburg!

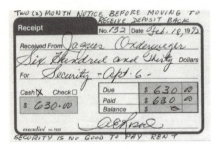

Das Viertel war überschaubar und hatte trotzdem allerhand zu bieten. Pizzastände, Imbissbuden, Obstläden mit wirklich reifem, fettem Obst, Bank, Postamt – und der Strand war keine fünf Minuten Gehweg entfernt. Und die Wohnung war erschwinglich, was uns ziemlich erstaunte. Aber sie war leer. Da war kein Bett, kein Tisch, kein Sessel, geschweige denn ein Sofa oder Handtücher oder Bettwäsche oder … Nix! Da waren ein Wohnschlafraum mit Küchenzeile und ein Badezimmer mit Toilette. Aus. Grundsätzlich ja in Ordnung, aber keine Möbel … Den Rest des Tages verbrachten wir mit Erkundigungen und Sightseeing. Wir entdeckten einen Secondhandshop für Möbel, wo wir uns gleich ein Bett kauften. Eigentlich konnten wir ja recht zufrieden sein, wir hatten eine Wohnung, nun sogar ein Bett, und wir hatten sogar noch genügend Geld.

Den Rest des Tages verbrachten wir damit, uns die Stadt anzusehen. Miami wird in den Medien immer in Pastelltönen und sehr exotisch dargestellt. Grundsätzlich entspricht das ja auch der Wahrheit, aber so sehr South Beach auch in Rosa und Hellblau getüncht war, konnte man nicht übersehen, dass Miami eine Stadt der Pensionisten ist. Florida gilt heute noch als das Altenheim der USA. Man erspart sich die Heizkosten, die Mieten sind günstig, und das tropische Klima wirkt sich nicht nachteilig auf Rheuma oder diverse Alterserscheinungen aus.

Miami war trotzdem schwer faszinierend. Es gab die vorgelagerte Insel, die unterteilt war in South und North Miami Beach. Miami Beach gilt als eigene Stadt, die nicht viel mit Miami zu tun hat. Zwischen Miami und Miami Beach gibt es viele Brücken, die den Auto- und Schienenverkehr regeln. Teilweise sind Brücken darunter, die sich nach oben öffnen, wenn ein zu großes Schiff darunter durch muss. Ich war stark beeindruckt.

Bei einer kurzen Pause in einem kleinen Imbissladen zückte Jack wieder seine *USA Today* und eröffnete mir seinen neuesten Plan. „Das Geld wird nicht lange reichen. Du musst arbeiten gehen. Lass uns mal sehen, was der Arbeitsmarkt in Miami so hergibt!" – „Wieso muss *ich* arbeiten gehen?" Zumal er mit seinen Englischkenntnissen ja kaum auf die Einheimischen losgelassen werden konnte, einigten wir uns, diesmal so gar nicht einvernehmlich, dass wieder ich arbeiten gehen sollte. Ich dachte da mehr an Tellerwaschen, Servieren oder Ähnliches.

Plötzlich blinkten in seinen Augen die Dollar-Zeichen! Man konnte es förmlich sehen. Ihm stach offensichtlich eine Anzeige für eine Tänzerin ins Auge. Ab einhundert Dollar täglich zu verdienen, mit gründlicher Einschulung bei Schichtdienst. *Großartig! Und ich mittendrin!* In der Hoffnung, ich wäre nicht geeignet für so einen Job, machten wir uns nach einem Telefonat mit dem Clubbesitzer auf den Weg nach North Beach. Nach einer halben Weltreise quer durch Miami, so kam es uns zumindest vor, hielt der Bus an einer Schnellstraße, die von diversen Go-go-Clubs gesäumt war. Wir mussten ins *Miami Gold.* Von außen nicht ersichtlich, was für ein Schuppen das sein könnte, bat ich Jack, draußen zu warten. Es würde nicht leicht werden, die Einheimische zu mimen, sobald er den Mund aufmachte. Das verstand er dann doch und ließ mich ziehen. Die Besitzer, ein Brüderpaar, waren anfangs ziemlich skeptisch, was meine Green Card anbelangte. Sie wollten jedoch keinerlei Fotokopien meines Reisepasses oder sonst was haben. Ich sollte Go-go tanzen – ich wusste nicht einmal, was das war. Also musste ich mich um eine Stange räkeln, was dann doch nicht allzu schwer aussah. Nach einer kurzen Begutachtung meiner Figur erhielt ich den Job – mit gemischten Gefühlen. Allerdings hatte ich noch zwei Tage Galgenfrist bis zu meinem ersten „Auftritt". *Will ich jetzt fröhlich sein, weil ich einen Job habe, oder will ich wütend sein, weil ich mit einem Fuß bereits in der Prostitution stehe? Keine Ahnung.*

Jack jedenfalls war schwer aufgekratzt und schwelgte schon in Zukunftsfantasien: „Jetzt hab ich endlich Zeit, mich um meine Verteidigung zu kümmern. Ich muss mir eine Schreibmaschine zulegen, da war doch eine in dem Laden, wo wir das Bett gekauft haben. Und ich brauche Geld, um mit der Polizei und den Medien in Österreich zu telefonieren." Das brachte mich dann aber wirklich in Rage: „Und warum zum Teufel gehst dann nicht du arbeiten? Was hab ich mit dem ganzen Scheiß zu tun?" Das brachte aber doch nichts. Er war dermaßen von sich eingenommen und überzeugt, dass es keinen Sinn hatte, sich mit ihm zu streiten. Aber ich sah das einfach nicht ein: Ich musste Striptease tanzen, während er auf der faulen Haut lag und seine nutzlosen Elaborate zu Papier brachte. Ich war schwer angebissen und nahm mir vor, in Zukunft nur mehr das zu machen, was ich wollte. Dieser Vorsatz war an sich ja löblich, bloß an der Durchführung scheiterte dieses Vorhaben, denn er hatte mir meine gesamte Barschaft, die ich in der Schweiz verdient hatte, abgenommen. *Also was tun ohne Bares?*

Wir erkundeten den Rest des Tages Miami mit dem Bus. Erstaunlicherweise waren die Busverbindungen alle gut gekennzeichnet und man kam auch schnell voran. Als es dann schon

später Abend war, legte Jack ein Veto gegen meine Sightsee-
ingtour ein. Resultat war, dass wir gegen Mitternacht mitten
in Miami Downtown standen und uns nicht mehr auskannten.
Es war stockdunkel und keine Menschenseele auf der Straße.
Kein Wunder, denn das war das Geschäftsviertel und das ist nur
bei Tag belebt. Dass dieses Viertel, zumindest bei Nacht, allerdings zu den gefährlichsten zählt, war ihm wieder mal egal. Wir
brauchten die Auskunft von mindestens zwei Obdachlosen, die
uns aber auch nicht wirklich weiterhelfen konnten. Schlussendlich nahmen wir uns ein Taxi zurück zum Hotel. Kaum dort angekommen, scharwenzelte Jack schon im Zimmer herum. *Deine
Annäherungsversuche kannst dir sparen, mein Guter! Ich weiß
nicht, hat der nix anderes im Kopf als vögeln? Ich mein, da bricht
die Welt für einen Menschen zusammen und der denkt nur an
Sex! Bin ich da im falschen Film, oder was?*

Auszug aus dem psychiatrischen Gutachten 1976

*Nach dem Gutachten des psychiatrischen Sachver-
ständigen Doz. Dr. L. konnte bei dem 24-jährigen Beschuldigten Johann Unterweger eine erhebliche psychische Abnormität festgestellt werden, die die Folge
einer schweren frühkindlichen Verwahrlosung und
Milieuschädigung darstellt. Der Beschuldigte wuchs
bei seinem offenbar übel beleumundeten Großvater
auf. Er ist stimmungslabil und unbeherrscht, seine
Handlung ist kaum von vernünftigen Überlegungen
oder ethischen Hemmungen diktiert, sondern zumeist
das unmittelbare Ergebnis von augenblicklichen Be-*

dürfnissen. *Ein hervorstechendes Charaktermerkmal des Beschuldigten ist seine ausgeprägte Aggressivität, die er kaum zu beherrschen vermag. Für seinen Lebensstil charakteristisch ist eine ausgesprochen zwiespältige Einstellung zu Frauen. Offenbar hat er im Rahmen seiner traurigen Kindheitsverhältnisse eine ausgeprägte Sehnsucht nach Geborgenheit und nach Elternliebe entwickelt, die jedoch nicht erfüllt wurde. Dies ist sicher dafür Ursache, dass er diese zwiespältige Haltung zu Frauen entwickelte. Er ist einerseits Frauen gegenüber von spezieller Aggressivität, er fühlt sich jedoch immer wieder zu Frauen, vor allem zu älteren Frauen hingezogen, ohne dass er im Grunde zu einer Partnerschaftsbindung bzw. zur Liebe fähig erscheint. Frauen gegenüber erscheint er einerseits gefühlskalt, aggressiv, dann wiederum doch anlehnungsbedürftig, ohne dass aus diesem Zwiespalt eine echte Bindung möglich erscheint. Dieser Zwiespalt führte zu Scheinkontakten und einer gesteigerten, aber nur oberflächlichen sexuellen Aktivität. Seine Einstellung zu Frauen ist mehr durch seine Aggressivität geleitet, als durch echtes Interesse. Die merkwürdige Tatsache, dass er alle Frauen, die sich an ihn zu binden versuchten, in die Prostitution trieb und für sich auf die Straße schickte, mag Ausdruck seiner hintergründigen, aggressiv-feindseligen Haltung gegenüber Frauen darstellen. Es ist allerdings fraglich, ob man dies zu sehr verwerten darf; seine Kindheit war so, dass er kaum ethische, sexuelle Hemmungen und Skrupel entwickeln konnte. Für seine Delinquenz wesentlich ist, dass er im Rahmen seiner psychischen Labilität alkohol- und drogenab-*

hängig wurde. Die psychische Abgespanntheit und Missgelauntheit nach einem Alkohol- oder Drogengenuss hat seine Aggressivität stets extrem gefördert und zu destruktiven Entladungen gedrängt. Weiters führt der Sachverständige aus, dass der Beschuldigte, wenn er nicht verhaftet worden wäre, mit großer Wahrscheinlichkeit zu einem anderen Zeitpunkt eine andere Frau zum Opfer seiner Aggressionen gemacht hätte. Der Sachverständige kommt abschließend zu dem Ergebnis, dass der Beschuldigte im Zeitpunkt der Taten geistig gestört war, diese Störung jedoch nicht mit einer Geisteskrankheit oder tief reichenden Bewusstseinsstörung verglichen werden könne, sodass sie die Frage seiner grundsätzlichen strafrechtlichen Verantwortlichkeit nicht berührt. Eine besondere Affekt- oder Gemütslage, die den Beschuldigten zum Zeitpunkt der Taten in seiner allgemeinen Steuerungs- und Einsichtsfähigkeit behindert hätte, wurde vom Sachverständigen in dem ergänzenden Gutachten (...) mit Sicherheit ausgeschlossen.

Dieses Gutachten des Dr. L. deckt sich vollinhaltlich mit dem von Univ. Prof. J. im Verfahren zu ... des Landesgerichtes Salzburg erstatteten Gutachten.

Dr. J. bezeichnet den Beschuldigten als unverbesserlichen Gewohnheitsverbrecher, bei dem mit Sicherheit Rückfälle zu erwarten sind.

Am nächsten Tag bezogen wir hoch offiziell unser neues Appartement. Wir richteten uns recht spärlich ein und machten uns dann gemeinsam auf den Weg zum Strand. Dort schlief ich gleich wieder ein. Der Jetlag machte mir noch immer schwer zu schaffen. Nur Jack, der hatte anderes im Sinn. Ließ mich über zwei Stunden mutterseelenallein am Handtuch liegen und machte sich auf die Pirsch. Er begutachtete die anwesenden Frauen. Die waren natürlich, was die Figur anbelangte und erst recht den knappen Schnitt des Bikinis, eine andere Klasse als etwa die Frauen in diversen Freibädern in Wien. Und das genau war Jacks Kragenweite. Irgendwann wachte ich auf und war allein. Ich dachte zuerst, er würde wohl etwas zu essen holen sein. Doch als er dann mit einem Grinsen im Gesicht auftauchte, war mir alles klar. Obendrein erzählte er mir natürlich von seinen tiefen Einblicken. Er positionierte sich sogar so neben mir, dass er der Frau, die ein paar Meter weiter entfernt lag, genau zwischen die

Beine sehen konnte! *So ein elender Spanner! Wenn ich etwas auf den Tod nicht ausstehen kann, dann sind das dumme Menschen, Lügner und Spanner!*

Als es mir dann zu bunt wurde, packte ich meine Sachen und verlangte die sofortige Heimreise. Auf dem Weg zum Appartement kamen wir bei dem Secondhandladen vorbei, wo sich Jack sofort die Schreibmaschine kaufen musste. *Natürlich!* Auch an diesem Abend, als er sich wieder einmal anpirschen wollte, verweigerte ich seine Annäherungsversuche. Ich konnte einfach nicht mehr. Mir war die ganze Situation mittlerweile schon so zuwider, dass es nur mehr in Aggressivität meinerseits enden würde. Das sah er dann doch irgendwann ein.

Am nächsten Tag veranstaltete Jack schon um sieben Uhr morgens einen Zirkus, dass ich hätte ausflippen können! Er war das ja gewohnt, allerdings war er es nicht gewohnt, rücksichtsvoll zu sein. Ich weigerte mich dann bis zehn Uhr, das Bett zu verlassen, zumal ich am Abend ja meinen ersten „Arbeitstag" zu bewältigen hatte. Ich musste um halb acht fit und munter im *Miami Gold* antreten.

Den Tag verbrachten wir am Strand, wobei Jack wieder mal seine liebe Mühe hatte, die Augäpfel in den dazu passenden Augenhöhlen zu behalten ... Als es Zeit wurde, Richtung *Miami* zu wandern, ließ Jack es sich nicht nehmen, mich zu begleiten. Er ließ mich einfach nicht aus den Augen. So was nervt mich gewaltig. Na zumindest war ich bei der Arbeit allein. Als wir dann vor dem *Miami Gold* standen, war mir eher nach Umkehr und nicht nach Entblößung! Doch da half kein Bitten und Betteln. Bevor er wieder mit irgendeiner Litanei anfing, fügte ich mich lieber meinem Schicksal. Ich verabschiedete mich von Jack, nicht aber ohne vorher zu erwähnen, dass ich allein nach Hause fahren würde. Er müsste sich nicht die Mühe machen, mich gegen frühen Morgen abzuholen.

Drinnen angekommen, machte mich einer der beiden Brüder mit den anderen Mädchen und dem Koch bekannt. Der Koch, ein Mexikaner namens Miguel, war ein Mann mittleren Alters, der mich sofort in sein Herz geschlossen hatte. Er machte mir in den folgenden Tagen immer etwas Feines zu essen und beantwortete all meine Fragen. Ich hatte in Miguel einen Freund gefunden, wenn auch nur für kurze Zeit. Er zeigte mir den Umkleideraum, den man wohl treffender als Ausziehraum betiteln konnte. Nach der kleinen Führung begleitete ich ihn in ein kleines angrenzendes Zimmer, in dem eine Sonnenbank stand. Es sei Pflicht, so erklärte er mir, sich so oft wie nur möglich unter die Sonnenbank zu legen. Dabei hatte man aber den Bikini anzubehalten, denn die amerikanischen Männer mögen es, wenn es so aussieht, als ob sich das Mädchen nicht in der Öffentlichkeit auszieht. *Welche Doppelmoral. Da arbeite ich in einem Striptease-Schuppen und ziehe mich ganz nackig aus, und dann wollen diese Kerle weiße Brüste und einen weißen Hintern sehen.* Das war und ist mir bis heute unbegreiflich!

Lange Zeit stand ich in einer Ecke und traute mich gar nichts. Ich hoffte, der Erdboden würde sich auftun, um mich zu verschlingen. Und als ich so dastand, was einen ziemlich unbeholfenen Eindruck gemacht haben muss, sprach mich einer der Gäste an. Er schien mich schon längere Zeit beobachtet zu haben, denn er sagte lapidar, dass man es mir anmerken würde, „so etwas" noch nie gemacht zu haben. Charmant bot er sich sofort als Retter in der Not an und wollte mir ein saftiges Trinkgeld geben, wenn ich meinen ersten Table-Dance für ihn tanzen würde. Den Table-Dance macht man üblicherweise auf dem kleinen Bartischchen vor dem Gast in etwa einem halben Meter Entfernung. Und während der Gast gemütlich sitzt, schwingt das Mädchen den Hintern in Augenhöhe! *Welch ein Genuss für den scheinheiligen Ami!* Mir war mehr als mulmig zumute, als ich den klitzekleinen Tisch bestieg. Doch nach ein paar unbeholfenen Hüftschwüngen gab mir dieser Gast auch noch Tipps, wie ich mich zu bewegen hatte! Ich genierte mich in Grund und Boden und verfluchte Jack bis in die tiefste Hölle!

Nach diesem peinlichen Ausflug in die Go-go-Szene weinte ich mich erst mal bei Miguel aus. Der gab mir dann aber brauchbarere Tipps, um das künftig überstehen zu können. Oft helfe ein klitzekleiner Drink vor dem Tanz, deswegen sei es so gar nicht förderlich, die Einladungen der Gäste auszuschlagen. *So ist das also!* Aber man gönnte mir nur eine kurze Verschnaufpause, als ich hörte, wie ich über die Lautsprecher als „Bianca, the German girl" angekündigt wurde. Jetzt hieß es an der Bar und den Stangen zu schaukeln. Der DJ hatte mich vorher schon interviewt, zu welcher Musik ich denn meinen Körper zu bewegen gedenke. Ich wollte auf keinen Fall eine moderne Nummer, denn die dauern meist an die drei oder – ganz schlimm – manchmal sogar fünf Minuten! Also musste ein Oldie her. Die sind mit ihren durchschnittlichen zweieinhalb Minuten recht kommod. Das kam meiner Scham sowie meiner Faulheit schwer entgegen. Ich tanzte mich die Bar entlang zu den Rhythmen von Elvis the Pelvis, was ich dann schon wieder sehr amüsant fand. Jeder der anwesenden Gäste steckte mir Dollar-Noten in mein Strumpfband, das immer anbehalten werden musste. Man musste doch etwas haben, wo man die Geldscheine hinstecken konnte. Meine Ausbeute war nicht so mickrig, wie ich befürchtet hatte. Langsam gewöhnte ich mich an den Gedanken, mich nackt zu zeigen. Mit jedem Tanz ging es besser, sodass ich in der Früh – um hundertfünfzig Dollar schwerer – recht beschwingt nach Hause kam. Doch da hatte ich mich eindeutig zu früh gefreut …

Denn die gute Laune schlug spätestens um, als Jack mir die gesamten hundertfünfzig Dollar wieder abnahm.

Er begnügte sich nicht etwa mit der Hälfte, nein, er wollte

meine gesamte Barschaft! „Wozu bitte brauchst du die gesamten hundertfünfzig Dollar?" Ich war mittlerweile ganz schön wütend. „Ich muss doch mit meinem Rechtsanwalt und einem Informanten telefonieren, das ist wichtiger!", schleuderte er mir entgegen. Doch damit wollte ich mich nicht so einfach geschlagen geben. „Auch ich habe mein Leben mit dieser verdammten Flucht vermasselt!" *Der führt sich ja schlimmer als der allerschlimmste Vorstadtstrizzi auf!*

Jack fand mich plötzlich nicht mehr so süß und lieb, ich war mittlerweile eine wandelnde Zeitbombe, was sogar langsam ihm zu dämmern begann. Er hatte von halb zwölf bis zwei Uhr morgens an seinem Konvolut gegen den Haftbefehl, gegen die österreichische Polizei und überhaupt gegen alle geschrieben. Jetzt wollte er auch noch mein Geld ... *Dem muss Einhalt geboten werden! Und das ganz dringend!*

Ich musste mehr auf meine Eingebungen und Gefühle achten, die sind mitunter recht hilfreich. So sagte mir meine wachsame innere Stimme bald, dass da was nicht stimmte. Aber inzwischen war ich schon so geschlaucht, zusätzlich ging uns beiden diese ewige Streiterei schon schwer an die Nieren, sodass ich bald aufgab. *Das aber nur für den Moment, damit ist die Sache noch keinesfalls bereinigt. Das braucht er sich erst gar nicht einzubilden.*

Also gab ich mich fürs Erste mal geschlagen und wir verbrachten den Vormittag am Strand, wo ich mich ausschlief, während er wieder mal auf der Jagd war und anderen Frauen nachgierte. Ins Wasser gehen durfte man ohnehin nicht, weil sie die roten kleinen Hai-Fahnen ausgesteckt hatten. *Da bekommt der Begriff „ausg´steckt is" ja gleich eine ganz andere Bedeutung.* Gegen Nachmittag wurde Jack dann ganz plötzlich wieder unruhig, was sich wiederum negativ auf mein vegetatives Nervensystem auswirkte. Widerwillig folgte ich ihm zum nächsten Postamt.

Der Herr musste telefonieren, mir verbot man zu lauschen. Ich beschloss, mich um die Ecke in einem Imbissladen mit einem fettigen Burger zu amüsieren. Ich amüsierte mich eine geschlagene Dreiviertelstunde mit dem Burger, einer großen Portion Pommes Frites, einer großen Cola und einem Eis. Und saß noch immer allein da. Nicht, dass mich das wahnsinnig gestört hätte, ganz im Gegenteil, aber es warf doch so einige, durchaus berechtigte Fragen auf. Als er dann noch mit einem glückseligen Lächeln auftauchte, platzte ich bereits vor Neugier! Nachricht aus der Heimat!

Alle waren sie schuld, bloß nicht er. So eine Gemeinheit, so eine Frechheit und überhaupt! Aber der Reihe nach. Jack war völlig verzweifelt, denn entgegen seiner aufrichtigen Hoffnung, seine Flucht würde seine Unschuld bekräftigen, traf das so ganz und gar nicht zu! Und die Medien seien überhaupt die größten Verbrecher! „Die klag ich alle in Grund und Boden! Die werden schon sehen! Morgen gebe ich dem ORF Inlandsreport ein Live-Interview!" – „Du tust bitte was?" – „Ich werde mich morgen live im ORF verteidigen. Und da können sie nix konstruieren, weil das ist live!", und grinste dabei wie ein Hutschpferd. Ich traute meinen Ohren nicht. Was glaubte er eigentlich, was das ganze hier für einen Sinn hatte? *Hä? Hallo, wir sind in Miami! Wir lassen uns die Sonne auf den Bauch scheinen, während ihr euch den Hintern im kalten Europa abfriert auf der Suche nach uns!*

Okay, er hatte und wollte sich also mit dem ORF unterhalten. *Just mit jenem Unternehmen, in dem der Einfluss der Politik und somit auch der Exekutive nahezu verschwindend gering ist.* Aber bitte, er wollte Chef spielen. Abschließend und so ganz nebenbei fragte ich ihn nach sonstigen Informationen. „Laut meinen Informanten betreiben die Medien eine regelrechte Schlammschlacht!" *Da war es wieder, das Wort „Informant" und diesmal gleich in der Mehrzahl.* „Wer sind denn deine Informan-

UNTERWEGER Jack
Florianig. 41/2/2/8
A - 1080 Wien

seit: Freitag, 14-02-92 per Haftbefehl des LG. Graz gesucht
seit: Samstag, 15-02-92 durch Medienberichte erfahren und
      seither nicht mehr an o.g. Anschrift erreichbar.

An das
LANDESGERICHT GRAZ   R A T S K A H H E R
==================
A - 8010 Graz

Betrifft: Haftbefehl vom Freitag, den 14.2.1992 gg. Unterweger

Gegen o.g. Haftbefehl lege ich die

                B E S C H W E R D E
                ==========================

ein, begruende dies auf den folgenden Seiten und sende diese[s]
Konvolut auch an folgende Stellen, bzw. Personen:

BMfJ., Dr. Nikolaus Michalek BM.
BMFInneres., Dr. Franz Loeschnak BM.
Dr. Max Edelbacher, Sicherheitsdirektion Wien
RA. Dr. Georg Zanger (als Informationsschrift)
Bgm. Dr. Helmut Zilk
Dr. Lecker, Grazer Kriminalpolizei
JGH. Praes. Dr. Udo Jesionek
div. Redaktionen, fu fuer die ich in letzter Zeit gearbeitet
      habe.

Privatpersonen, die mir vertraut haben und wichtig sind, die
ich nicht namantlich nenne, um sie vor der Polizei, bzw. zwei
Polizisten z zu "schuetzen", denen es mehr um eine soziale
Hinrichtung ging und geht, als um eine wertvolle Aufklaerung
einer seit Jahren anhaltenden, ungeklaerten Mordserie.

Vorwort:

Als ich, Samstag, den 15-02-92, 16h35, angerufen (Mobiltelefon)
von einer Bekannten,erfuhr, dass die Medien (Radio, TV, und vor
allem KLEINE ZEITUNG, KURIER und KRONEN ZEITUNG) voll sind von
der Fahndung nach mir, auf Grund eines Haftbefehls des LG. Graz,
im Zusammenhang der Mordserie an Prostituierten, zog sich unter
mir der Boden im wahrsten Sinne des Wortes weg. Sie las mir dann
auch noch den Text aus der Zeitung vor, da ich (warum auch,
hatte ich, meiner Meinung nach, keinen Grund ein schlechtes
Gewissen x zu haben) weder die eine noch andere Zeitung gelesen hatte an -oder: in diesen Tagen.
Und obwohl es keine BEWEISE gab, gibt, niemals geben konnte und
kann, da ich mit den Morden nichts zu tun habe, reichten einige
unklare Fragenkomplexe, von einem Beamten dem Untersuchungsrichter in seiner Version vorgelegtxx aus, um einen Haftbefehl
zu erwirken. Dies alles trotz der Tatsache, dass ich seit dem
ersten Auftauchen meines Namens in dieser Sache laufend mit der
Polizei in Wien und Graz im Kontakt war und mich immer wieder
bereit erklaert habe, bei allen Fragen mitzuhelfen etwaige
Verdachtsmomente aufzuklaeren und so aus der Welt zu schaffen.
Erst einen Tag vor Ausstellung des Haftbefehls wurden von mir
Beamte auf Grund eines Vorfalls aus dem Milieu (dazu komme ich
zu einem spaeteren Zeitpunkt) kontaktiert und ob in Wien oder
Graz, unisonio: was an Verdachtsmomenten da sei, reiche laengst
nicht fuer einen Haftbefehl.
Grund meiner Kontakte war allein: Da ich mit den Faellen nichts
zu tun habe, ich aber die Mechanismen kenne, einfach Angst hatte,
alles zu verlieren, wenn ein Beamter (was ja am 14.2.1992 auch
geschehen ist) zur Zeitung geht und so Berichte auftauchen, die
mir ein Leben in der gewohnten Umgebung unmoeglich machen wuerde.
Denn egal, was es heute fuer "Ueberpruefungen" gibt, allein ein
Aufbereiten meiner Vergangenheit (und dies waere in so einem Fall
der logische Bereich einer Journaille, die eben von Schlagzeilen
lebt) haette mir ein soziales, integriertes Existieren in Wien
unmoeglich gemacht. Und darauf lief auch alles hinaus, so dass
ich die ganze Sache als eine soziale Hinrichtung sehe, wie sie mir
ja auch von bestimmten Personen angekuendigt worden war.

112

Fazit: Meine Flucht war und ist KEIN EINGESTAENDNIS, sondern
eine Art von Verzweiflungsakt, da ich, wie bereits am Samstag,
15.2.1992, den Beamten Huetter und Dr. Lecker in Graz und
Herrn Hoffmann und Kutschera in Wien, sowie der Lokalredaktion
des KURIER mitgeteilt, einfach nicht einsehe, warum ich
neben der sozialen Vernichtung durch die Medien, auch noch
in einer Zelle bis zum Nimmerleinstag abwarten soll, was
geschieht, und da es nie Beweise geben kann, dauert die
Untersuchungshaft ewig, da die Grazer Polizei allein durch
diese Aktion und den seit Jahren (die vor meiner Entlassung
ungeklaerten Morde in diesem Milieu kann man mir ja nicht gut
anhaengen) erfolglosen Fahndungsarbeiten derart unter Druck
steht, dass man es mir unbedingt "beweisen" muss und so wuerde
jeder Enthaftungsantrag auf A.) nicht abgeschlossene Ermittlung
und B.) Fluchtgefahr lautend abgelehnt werden. Und allein
der federfuehrende Beamte der Grazer Kripo wuerde schon auf
diesem Wege eine lange Haft erreichen.
Auf der anderen Seite steht, dass ich nicht nur mit diesen Taten
nichts zu tun habe, sondern, dass ich keinen Tag mehr in einer
Zelle (mit all den Verlusten) leben koennte. Nicht umsonst habe
ich mich in den letzten Jahren derart um eine Integration bemueht
sie auch geschafft -, bis zum 14.2.1992, wo mir alles genommen
wurde. Ich bin einfach nicht stark genug, nach all den Jahren
Heim und Zuchthaus (an denen ich selbst schuld war) noch einmal
in eine Zelle ᶾ zu gehen)!!
Wuerde der Haftbefehl aufgehoben, stelle ich mich zwar nicht gern
aber doch der Ermittlungsbehoerde. Schon deshalb, um der Polizei
jetzt nicht die Chance ᶾ zu geben, Taten mit meinem "Namen" als
aufgeklaert ablegen zu lassen und so, wie bei den vorangegangenen
unaufgeklaerten Taten den wahren Moerder Freiheit zu schenken.
Mein Abhauen ist keine Flucht aus einem Schuldgefuehl, da haette
ich laengst und geplant eine Aktion setzen koennen, sondern allein
eine Flucht vor der Willkuer zweier Beamter und einem sicheren
Tod in der Zelle. Wenn schon ein ENDE, dann will ich es in
Freiheit und allein erleben.

ten?", fragte ich nach. Allein der Blick verriet so einiges, was ich mir aber noch nicht zusammenreimen konnte.

Auf dem Heimweg kauften wir uns eine *BILD*-Zeitung, die allerdings bereits zwei Tage alt war. *Schock! Mein Foto, und bei Gott nicht das schmeichelndste, was mir da auf Seite eins entgegenprangt. Ich befinde mich in Lebensgefahr. Wirklich!?* Dass sich mein Leben tatsächlich in Gefahr befand, war mir zu dem Zeitpunkt noch nicht bewusst. Ich traute Jack nicht zu, dass er mir an den Kragen wollte. Das nicht. Aber ich übersah, dass mein Leben bereits seit der ersten Verabredung bedroht war. Alles hatte sich mit meiner Bekanntschaft mit Jack geändert. Ich war noch immer festen Glaubens, dass ich nach Hause kommen könnte und dort weitermachen würde, wo ich anno dazumal aufgehört hatte.

Nicht wirklich ermutigt gingen wir gemeinsam nach Hause, wo er den Rest des Tages mit dem Verfassen seines Entlastungsschreibens zugange war.

Am nächsten Morgen, als ich gegen zehn Uhr wach wurde, vermutete ich, dass ich allein war. Es war so unüblich leise. Nach einem Fünf-Sekunden-Rundgang bestätigte sich mein Verdacht. Das hieß in aller Ruhe mal zuerst wach werden und dann ins Bad unter die Dusche. Ich kontrollierte vorher die Wohnungstür, die sich aber nicht öffnen ließ! Da wir nur einen Schlüssel hatten, konnte man unsere Situation nicht wirklich als unabhängig bezeichnen. Nichtsdestotrotz wurmte mich das schon sehr. Er konnte mich doch nicht so einfach einsperren. *Wenn er das gewohnt ist, bitte schön. Jedem Tierchen sein Pläsierchen und so.* Aber ich wollte mich frei bewegen können. Unabhängig von einem Jack Unterweger oder sonst wem. Na ja, bei Lenny Kravitz würde ich da eine kleine Ausnahme machen!

Und in weiser Voraussicht, die Nerven zu schonen, ging ich ins Bad, um mich in erster Linie abzukühlen, und in zweiter, um mich zu säubern. Nicht aber ohne vorher zu kontrollieren, ob nicht beim ersten Wasserstrahl Kakerlaken dabei waren. Denn dieses Problem bestand nicht nur in dieser Jugendherberge, in der wir anfangs genächtigt hatten, nein, das Problem war in ganz Miami vorhanden! Die fetten Brummer knacksten so richtig ekelig, wenn man, natürlich nur unabsichtlich, auf sie drauf trat. Und das konnte in der Nacht bei jeder Bushaltestelle, bei jedem Mistkübel, einfach überall passieren …

Während ich duschte, über Kakerlaken philosophierte und mir einen Plan für den Tag zurechtlegte, kam Jack auch schon nach Hause. Er war Wäsche waschen und Frühstück einkaufen gewesen, ich hingegen schämte mich, hatte ich ihm doch insgeheim unlautere Absichten unterstellt. Und somit war der Ärger übers Eingesperrtsein auch gleich verflogen. Dieser kleine Teufel, der mir hin und wieder über die Schulter sah, meldete sich trotzdem immer beharrlicher.

Nach einem ausgiebigen Frühstück erzählte er mir von weiteren Telefonaten mit der Heimat. Klar, dass sämtliche Informationen von meinem Verlobten nur scheibchenweise präsentiert wurden. Seinen Informanten zufolge hätte die Polizei jetzt Interpol eingeschaltet und die Schlammschlacht ginge unverdrossen weiter. *So so, seinen Informanten zufolge.* Ich wollte noch so gern meiner Neugier frönen, doch ich hatte die Zeit übersehen. Ich musste mich wieder ans Geld verdienen machen. So fuhr ich wieder quer durch die Stadt, um von ein Uhr nachmittags bis zehn Uhr abends Jacks Telefonate zu ertanzen.

Zuerst musste ich den Bus nach Miami Downtown nehmen. Der machte besonderen Spaß, weil man viele Brücken passieren musste. Man sah die noblen Inseln, die nur durch einen Security-Check und mit ausdrücklicher Einladung zu erreichen sind. Man sah Frachter, Passagierschiffe und Polizeiboote ohne Ende. Schiffe jeder Art und Weise, jeder Größe und Bauart. *Einfach sensati-*

onell! Mit dem zweiten Bus kam dann die längste Busfahrt, die ich jemals in meinem Leben zu bewältigen hatte. Der Bus fuhr anderthalb Stunden von A nach B. Nachdem die Amis ja grundsätzlich nur in Downtown Hochhäuser errichten, wies die Stadt nicht mehr Einwohner als Wien auf, doch sie war flächenmäßig um ein Vielfaches größer.

An der Endstation dieser Marathon-Busfahrt musste ich noch ein ganz schönes Stück weit an einer Schnellstraße entlang laufen. Das war das Schärfste überhaupt. Rechts von mir im Abstand von einem halben Meter die Schnellstraße, links nach einem halben Meter Rasenstreifen Sumpflandschaft vom Feinsten. Da wohnten hundertprozentig hundsgemeine Alligatoren mit sicher fünf Metern Länge. Aber damit nicht genug, am Wegesrand lagen doch glatt an die fünfzig Zentimeter lange, ausgedörrte und platt gedrückte Rattenviecher herum. *Vielleicht sind das geheim genmanipulierte Sumpfratten ... Den Amis trau ich alles zu! Da kann man nie wissen ...* Spätestens jetzt hatte ich eindeutig genug von der Fauna Miamis. Zuerst der Weiße Hai und dann Mörder-Alligatoren und Gen-Ratten. Nix für meine schwachen Nerven. Im Club berichtete ich zuerst mal Miguel von meinen epochalen Entdeckungen. Der wiederum schaffte es auch nicht, meine Phobien zu zerstreuen. Über die Leitplanke an der Schnellstraße sollte man nach Möglichkeit wirklich nicht rüber. Überall gäbe es Alligatoren. Aber von diesen Ratten hörte auch er zum ersten Mal. Miguel tröstete mich abschließend mit einem sensationellen Chili. *Na wenn's der nicht zubereiten kann, wer dann, bitteschön?*

Am nächsten Morgen bummelten Jack und ich durch Miami Beach, um uns ein wenig mit der Umgebung vertraut zu machen. Bei dieser günstigen Gelegenheit klaute Jack in einem Laden für Beach-Mode alsgleich ein Käppi. Nicht dass mir das kesse Käppi nicht gefallen hätte, aber wir befanden uns auf der Flucht und er lebte ganz ungeniert seine Kleptomanie aus. Schön langsam meldete sich bei mir der Verdacht, er würde die ganze Sache nicht wirklich ernst nehmen. Außerdem gibt es ja diese Theorie von den Verbrechern, die meist unbewusst Spuren hinterlassen oder die Aufmerksamkeit der Umwelt auf sich ziehen. Ergo will jeder Delinquent geschnappt werden. Und Jacks Verhalten untergrub diese Theorie auch nicht wirklich …

Da ich aber wieder ans Geld verdienen denken musste, blieben mir weitere Auswüchse von Jacks Charakter erspart, was unser aller Nervenkostüm schonte.

In der Arbeit begrüßte mich Miguel mit einem herrlich saftigen Steak und einem knackfrischen Salat. Dass es so was sogar in den USA gab, verblüffte mich dann doch einigermaßen. Bis zu diesem Zeitpunkt herrschte, zumindest bei mir, doch allgemein das Klischee vom Burger-fressenden Ami.

An diesem Tag herrschte, Gott sei gedankt, kundentechnisch bittere Flaute. Mit der Kugel, die ich vor mir hertrug, konnte ich nämlich schwerlich zierlich und sexy wirken. Das Steak hatte sich also auf der ganzen Linie ausgezahlt. So zog ich mir bald luftige Gewänder über und plauderte mit Miguel in der Küche. Ab und zu lugte ich aus dem Hintereingang, um eine Zigarette zu rauchen.

Bei einer dieser Zigaretten-Pausen am Parkplatz beim Hintereingang bemerkte ich eine Stretchlimousine, die langsam über den Parkplatz rollte. Und wie im Film – die Limousine hielt, das hinterste Fenster wurde lautlos heruntergelassen, und ein schmieriger Latino schaute aus dem Fenster. Ob ich nicht Lust auf eine Privatparty hätte. *Logisch, bloß nicht mit dir! Von Mädchenhändlern und Organmafia habe ich doch schon mal etwas gehört, ich glaube, das war meine Mama … Und meine Mama will mich nur beschützen! Also hau ab!* Und nichts wie weg! Rein in die Küche. Miguel schärfte mir in der nächsten halben Stunde Verhaltensmaßregeln ein, die ich in Miami zu befolgen hatte. Nicht nur, dass Jack mich überwachte wie wahrscheinlich uns bereits das FBI, nun hatte ich auch noch einen zweiten Aufpasser. *Prima!* Mit lausigen achtzig Dollar kam ich völlig erschöpft gegen Mitternacht nach Hause.

Dort brütete Jack noch immer über seinen literarischen Ergüssen. Er hatte den ganzen restlichen Tag damit verbracht, das achtunddreißigseitige Manuskript zu seiner Verteidigung fünfundzwanzigmal zu kopieren, zu schlichten, zu kuvertieren und zu adressieren.

Pausenlos rezitierte er aus seinem Werk wie ein Muslim aus dem Koran. Ich kam in weiterer Folge natürlich nicht umhin, ihn zu fragen, wem er denn das Ganze schicken wolle. Beiläufig erwähnte er etwas von einer Vertrauensperson, einer seiner Informanten war offensichtlich über Nacht zur Vertrauensperson avanciert. *So ist das also! Also er schickt das Ganze gesammelt an diese Vertrauensperson, die das dann in Wien an die einzelnen Empfänger weiterleitet. So so. Und mein kleiner Teufel auf der Schulter ist auch schon wieder da ...*

Am darauf folgenden Tag sollte sich die Situation endgültig zuspitzen. Nachdem wieder um acht Uhr Tagwache angesagt war, begaben wir uns bereits gegen halb neun Richtung Strand. Jack schickte mich mit den Worten „Dann kann ich in Ruhe telefonieren" voraus. Verfehlen konnte er mich schwerlich, denn es gab in ganz Miami einen einzigen Strandabschnitt von gesamt vielleicht fünfhundert Metern, an dem man barbusig lustwandeln durfte. Dorthin zog es mich. *Pfeif auf die Sache mit den Ami-Männern, die nur weiße Brüste sehen wollen. Ich will meine ganz sicher nicht im Joghurt-Look wissen, es sei denn im Winter und der Pleitegeier kreist über mir, sodass ich mir kein Solarium leisten kann.* Die Cops patrouillierten ständig und suchten sogar mit Ferngläsern den Strand nach sündigen Weibern ab. Ich glaube die Arbeit am Strand machte ihnen sogar ein klein wenig Spaß, aber wirklich nur ein klitzekleines bisschen. Stoff oder nicht Stoff, das war hier also die Frage. Wobei man schwerlich von einer Alternative sprechen konnte, denn ein Vergehen wurde bereits damals mit hundert Dollar geahndet.

In Ruhe telefonieren? Was soll denn das bloß heißen? Ich wollte eigentlich längst mit meiner Mutter telefonieren, was Jack mir sehr geschickt auszureden versuchte. Man konnte ja nie wissen, ob nicht schon die Polizei bei meiner Mutter aufgetaucht sei, die hätten sogar ganz sicher schon das Telefon angezapft. *Typischer Fall von ich will, aber ich kann nicht!* An diesem Tag wollte ich wieder einen massiven Vorstoß wagen. Meine Familie wusste nicht mal, ob ich noch lebte, geschweige denn wo und so … Ich hatte viel Zeit gehabt, darüber nachzudenken, wie es meinen Leuten zu Hause wohl gehen würde. Und ich kam zu dem Schluss, dass ich mich wenigstens kurz melden musste!

Trotzdem ließ mich das mit der Ruhe ganz und gar nicht in Ruhe. *Wieso kann er nicht neben mir telefonieren? Was meint er mit Ruhe haben? Vor mir etwa? Hat der vielleicht noch glatt Geheimnisse vor mir? Noch immer?* Ich konnte es nicht fassen. Noch weniger fassen konnte ich allerdings seinen glückseligen Blick, als er eine Stunde später auftauchte. Er hätte wieder mit seiner Vertrauensperson und seinen Informanten telefoniert. *Aha, plötzlich sind es eine Vertrauensperson und Informanten. Spannend!* Mit der Polizei hätte er auch telefoniert, aber: „Die haben mich nur missverstanden. Die drehen mir pausenlos das Wort im Mund um. Das Scheißgequatsche vom Journaldienst höre ich mir auch nicht mehr an. Die verstehen doch gar nichts. Und ab jetzt läuft alles nur noch und ausschließlich über meinen Anwalt!"

Nachdem er mir zu guter Letzt auch noch mitgeteilt hatte, am Vortag mit meiner Mutter telefoniert zu haben, platzte mir endgültig der Kragen. *Was bildet der sich eigentlich ein? Wenn hier jemand mit meiner Familie telefoniert, dann bin das mit Sicherheit ich und nicht er!* Genug von all der Scheiße, zwang ich ihn unter Androhung eines Ganges zur nächsten Polizeistation auf Herausgabe des restlichen Geldes. *Jetzt ist es genug.* Ich schnappte mir das Geld, packte meine Sachen und marschierte zum Postamt.

Er lief mir hinterher wie ein Hund, wohl schon ahnend, dass dieser Tag nicht glimpflich für ihn ausgehen würde. Als er sich auch noch mit in die kleine Telefonkabine zwängen wollte, kam mir endgültig die Galle hoch. Ich schickte ihn in die Imbissbude nebenan, und wehe er ließe sich blicken! Das brauchte ich immerhin nicht extra zu erwähnen, das ließ sich aus meinem Tonfall erahnen …

Das Gespräch mit meiner Mutter verlief furchtbar emotional, beide weinten wir, ich konnte ihr nur sagen, dass sie sich bitte keine Sorgen um mich machen sollte. Dann wurde die Verbindung unterbrochen. *Hat Jack jetzt schon telekinetische Fähigkeiten?* Ich war fix und fertig, konnte meine Tränen nicht mehr halten. *Bitte bringt mich zurück nach Hause – und das sofort!*

Nachdem ich mich notdürftig beruhigt hatte, gab ich Jack beim Verlassen der Post unmissverständlich zu verstehen, dass ich gedachte, nach Hause zu gehen und mich noch ein wenig auszuruhen, bevor ich wieder Hintern wackelnd im *Miami Gold* stehen würde. Jack trottete hinter mir her und vermied es, mich anzusprechen. Zu Hause angekommen, wollte ich erst eine Dusche nehmen. Doch zuallererst wollte ich endlich Klarheit. Klarheit über die Identität seiner Vertrauensperson und seiner so genannten Informanten. Jack, offensichtlich in die Enge getrieben, packte jetzt, nicht ohne Müh und Not, aus. Und was ich da zu hören bekam, war eindeutig der Gipfel.

Er telefonierte seit Tagen mit dieser Iris Postrossa. Dieselbe Iris Postrossa, der man bei der ersten Einvernahme durch die Wiener Polizei Jacks Schmuck abgenommen und beschlagnahmt hatte. Auf den sie selbstverständlich nur aufpassen sollte. Und das war nicht etwa seine Informantin, nein sie war die ominöse Vertrauensperson.

Nun fiel es mir wie Schuppen von den Augen! Sie war diejenige, die Jack die lange Nacht nach der Weihnachtsfeier versüßt hatte. Denn die Weihnachtsfeier war weit vor Mitternacht zu Ende gewesen, wie sich nun ebenfalls herausstellte. Ebenso kamen all die Killerpilze, die ich von Jack quasi als Weihnachtsgeschenk erhalten hatte, auch von dieser Schlampe! Er hatte mich betrogen, mich über zwei Monate angelogen und mich hintergangen. Ich fing meine Ohrfeigen fürs Telefonieren mit meinem Vater, und der vögelte dieses Weibstück und bombardierte mich mit sämtlichen Gono- und Strepto- und sonstigen Kokken! Da hatte er eine gerade mal Achtzehnjährige daheim und es trotzdem nötig, mit einer verseuchten Dreckschleuder zu vögeln!

Das ist so ein Moment, von dem man glaubt, dass man ihn nie erleben würde! *Nie und nimmer passiert mir das! Das ist so wie einem Trickdieb in die Hände zu fallen.* Glaubt man nie … bis man es erlebt hat! Diesen Schmuck, auf den sie nur aufpassen sollte, hatte er ihr im Laufe der Zeit geschenkt. Er hatte sie nicht nur einmal, sondern mehrmals beglückt. Sie wusste wohl, dass es mich gab, störte sich aber offensichtlich nicht weiter daran. *Dieser Pharisäer mit seiner verseuchten Kurtisane! Anstatt den Schmuck zu verkaufen, schenkt er ihn anderen Weibern, denn die Kleine wird's schon wieder ranschaffen! So oder so ähnlich hat sich der Schlaumeier das ausgedacht!*

Dafür gibt's übrigens einen weisen Spruch, einen meiner liebsten: „Wer sich mit Hunden schlafen legt, darf sich am Morgen nicht wundern, wenn er mit Flöhen aufwacht." Wie passend! Und zwar in jeglicher Hinsicht! Da arbeite ich, bis mir der Arsch abfällt, liefere noch brav mein Geld ab und finanziere ihm somit auch die glückseligen Blicke nach den von mir bezahlten Telefonaten, und er hat keine Minute vor Miami daran gedacht, mir reinen Wein einzuschenken!

Ich sah rot! Tiefrot. Jetzt verstand ich den Umstand einer Tat im Affekt! Man sieht rechts und links nichts mehr, hört nichts mehr und denkt nichts mehr. Aus. Ende. Pause.

Unterdessen plätscherte die Dusche im Badezimmer vor sich hin, während ich mich auf den Pappbecher Cola von *McDonalds* in meiner rechten Hand besann. Einem handfesten Streit wollte ich jetzt schon aus reiner Vorsicht aus dem Weg gehen. Ich wusste um seinen Jähzorn Bescheid. Und doch hatte ich das unbändige Verlangen, ihm einfach seine falschen Beißerchen zu ruinieren. Und so kam er in den Genuss einer spontanen Coca Cola-Taufe meinerseits. Samt Pappbecher bekam er die Cola von mir aufgesetzt! Und für sein blödes aus der Wäsche-Geschau verdiente er eigentlich noch mehr!

Ich drehte mich um und verschwand mit einer zugeknallten Tür unter der Dusche. Doch keine fünf Sekunden später riss er die Tür auf, kam auf mich zu, verpasste mir eine schallende Ohrfeige und schrie mich an, was ich mir denn erlauben würde. Nun war ich diejenige, die ziemlich blöd aus der Wäsche schaute!

Mittlerweile reichte es mir wirklich! Weiterhin unter der Dusche dachte ich über mögliche Optionen nach, doch ich hatte keine mehr! Jack sprach weiter von „Beziehung", ich hingegen hatte kein Interesse mehr an dieser Beziehung. Er hatte sich als verlogener Arsch entpuppt, der mich benutzte, wie es ihm passte!

Nach der Dusche, die ich nun notwendiger als zuvor gebraucht hatte, hatte ich mich zumindest äußerlich ein wenig abgekühlt. Ohne Jack noch eines Blickes zu würdigen, machte ich mich auf den Weg ins *Miami Gold*. Dort hatte ich wenigstens meine Ruhe und konnte nachdenken. Einen Entschluss fasste ich gleich. In Zukunft würde ich einen großen Teil meiner Gage in meinem Spind verstecken oder eben anderswo. Ich würde ihn eiskalt anlügen, eben genauso wie er es mit mir gemacht hatte.

Die Nacht verging recht schnell, und ich kam am frühen Morgen völlig erschöpft zurück in unser Appartement.

Entgegen meinen Erwartungen weckte mich Jack schon um sieben Uhr in der Früh. *Dieses Rumgefummle macht mich ganz heiß! Bloß nicht so, wie du es gerne hättest!* Ich konnte es nicht fassen, da besaß er doch die Frechheit, mich zu dieser frühen Stunde anzubaggern! „Finger weg!", zischte ich und drehte mich wieder um. So ergatterte ich mir dann doch noch drei Stunden Schlaf. Aber er wurde immer penetranter und wollte partout nicht begreifen, dass ich meinen Schlaf brauchte. Nach einer kurzen, aber durchaus heftigen Diskussion über meine Schlafgewohnheiten gab ich mich geschlagen, und wir brachen gemeinsam zum Strand auf. Wenigstens konnte ich dort noch ein paar Stunden Schönheitsschlaf nachholen, bis wieder der Dienst rief. Denn mittlerweile, so hatte ich zumindest das Gefühl, sah ich sicher aus wie ein Wrack …

Am nächsten Tag überraschte Jack mich schon wieder mit einigen Neuigkeiten: „Ich habe heute wieder mit der Iris telefoniert. Sie hat berichtet, dass ihr Chef, der Gustav, etwas für mich hat, ich soll ihn morgen am Handy anrufen." *Wenn du glaubst, ich finanziere dir das weiterhin, bist du echt bescheuerter, als ich angenommen habe!* „Außerdem werde ich ihr das Konvolut schicken, sie wird es dann weiterleiten an die zuständigen

Adressen." – „Hast du nicht vielleicht vor, dir doch Arbeit zu suchen?"

Ich wurde immer gereizter. Schön langsam kam ohnmächtige Wut in mir hoch. Gut, dass die Arbeit rief, ich hielt ihn mit seinem dämlichen Gewäsch schon gar nicht mehr aus. Und offensichtlich ging ich ihm auch mächtig auf die Nerven. „Du bist so gereizt, mit dir kann man kein vernünftiges Wort mehr reden!" Jetzt war es endgültig aus und vorbei bei mir. „Was glaubst du eigentlich, wie ich mich fühlen soll? Ich sitze hier am Arsch der Welt und muss mir für deine hirnrissigen Telefonate und beschissenen Konvolute den Arsch aufreißen! Und das nicht nur sprichwörtlich gemeint! Du hast es offensichtlich nicht früher wert gefunden, mir die Geschichte mit Iris zu beichten! Und falls du es genau wissen willst, ich bereue diese Flucht, ich kann es dir gar nicht sagen! Ich habe die Nase voll von dir, deiner Iris und deiner gesamten Situation! Außerdem habe ich jetzt keine Zeit für sinnlose Diskussionen mit dir, ich muss zur Arbeit!"

Vorerst war das Thema also mal erledigt. Aber ich hatte nicht mit Jacks Penetranz gerechnet. Er stand pünktlich zu Dienstschluss um halb elf Uhr nachts am Hinterausgang des *Miami Gold. Das darf ja nicht wahr sein!* Die paar hundert Meter zur nächsten Busstation liefen wir schweigend nebeneinander her. Doch kaum beim Wartehäuschen angelangt, kam er schon mit der Frage nach meiner Gage! Der hysterische Anfall, der auf dem Fuß folgte, war mehr als grausam. Ein Griff ins Portemonnaie und ich schleuderte ihm meinen gesamten Verdienst vor die Füße. *Soll er sich doch bücken, dann weiß er wenigstens, wie demütigend es ist.*

Ich stapfte allein los – weiter neben Mörder-Alligatoren und Gen-Ratten! Nach einigen Minuten holte er mich ein, nicht ohne sich natürlich vorher vergewissert zu haben, dass er alles Geld aufgesammelt hatte! *Miese Sackratte!* Bis zur nächsten Busstation waren es gut zwei Kilometer, die ich nutzte, um meinem Ärger lauthals Luft zu machen. Jack trottete hinter mir her, als hätte er nichts anderes zu tun. Dass er mich abgeholt hatte, zeugte in meinen Augen von schlechtem Gewissen und seiner gewissen Bauernschlauheit, ich könnte sonst was anstellen. Wozu ich auch ehrlich gesagt große Lust, aber nicht den nötigen Mut hatte. Schweigend verbrachten wir den Rest des Abends. *Und seine Annäherungsversuche kann er sich in die Haare schmieren! Soll er es sich doch selbst machen, meinetwegen darf er dabei an mich denken, aber er soll es bitte für sich behalten!*

Jack schaffte es immer wieder, mir so richtig den Tag zu versauen! Am nächsten Morgen wachte ich mit einem eingetrockneten Spermafleck auf meiner Brust auf! Ich konnte meiner Nase und meinen Augen nicht trauen! Normalerweise hätte ich gar nichts gemerkt, weil er es mit einem Tuch abgewischt hatte. Aber er war eben nicht gründlich genug gewesen. Da kam er auch schon mit einem breiten Grinsen im Gesicht von der Wäscherei zurück. Das verging ihm in der Sekunde. Wie konnte er mich im Schlaf derart missbrauchen? Und er fing auch schon wieder mit meinem Lieblingsthema an: „Der Gustav hat gesagt, er schickt mir per Postanweisung zehntausend Dollar, damit wir über die Runden kommen. Da siehst, dass die Iris es wirklich gut mit uns meint!" – „Du hast unsere Adresse bekannt gegeben?" Ein wenig in Erklärungsnot geraten dann eine seiner üblichen Ausflüchte: „Nur die Adresse vom Postamt, die kann ich ja hergeben, da kann nichts passieren!"

Von seiner seltenen Unterbelichtung förmlich erschlagen, traute ich zum zweiten Mal an diesem noch jungen Tag kaum meinen Sinnen! Dann fing er noch mit unglaublicheren Dingen an: „Du, weißt, ich hab mir gedacht, wenn wir das Geld, was uns der Gustav schickt, in einen Wagen investieren, dann sind wir

unabhängiger!" – „Was für ein Wagen? Hä?" – „Na, ich hab da einen roten Mustang gesehen, wie ich grad unterwegs war, der tät nur fünftausend Dollar kosten … Und wir könnten sofort weiterfahren! Wie findest denn das?" *Wie kann ein einzelner Mensch so saublöd sein, wobei ich da den Schweinen ziemlich Unrecht tue. Die sind allesamt eindeutig intelligenter als Jack. Ist es die Anspannung, unter der wir stehen, dass seine Hirnzellen nicht mehr richtig funktionieren, oder ist es das tropische Klima, das sich auf seinen Geisteszustand so negativ auswirkt?*

Ich hatte jetzt wieder mal endgültig die Schnauze voll und wollte eigentlich nur noch auf dem schnellsten Weg nach Hause. Dass sich dieser Wunsch aufgrund der herausragenden Intelligenz von Jack bald bewahrheiten sollte, konnte ich ja noch nicht wissen.

Am folgenden Tag telefonierte er noch einige Male mit diesem Gustav und seiner Iris. Das Geld sollte bereits am Postamt für uns hinterlegt sein. Jetzt war es endlich soweit. Jetzt würde er mir beweisen, dass auf seine „Freundin" Iris doch Verlass war. Aber nicht so wie ich vermutete, ganz im Gegenteil. Der feige Hund schickte natürlich mich ins Postamt und wollte draußen warten. Beim Betreten der Post überkam mich schon wieder mein untrügliches Gefühl, dass hier etwas so ganz und gar nicht stimmte!

Vor dem Schalter dauerte es verdächtig lange, bis man mir die bloße Auskunft erteilen konnte, ob Geld angekommen sei oder eben nicht. Ich sollte einige Formulare ausfüllen, was ich kurzerhand auf später verschob. Ich schnappte mir die Papiere und ging wieder nach draußen. Der Blick vom Postamt auf die Straße öffnete mir endgültig die Augen. Vis-a-vis auf der anderen Straßenseite befand sich eine Hotelterrasse, die normalerweise um diese Tageszeit nicht mit Gästen gesegnet war. Die Sonne knallte erbarmungslos vom Himmel und das war den Touristen doch zu heiß. Nun aber war jeder der sechs bis sieben Tische mit einigen Typen im Anzug besetzt. *Seltsam. Wieso haben die gut gekleideten Herren alle Sonnenbrillen auf? Und wieso lesen sie alle in der Zeitung? Begreif ich nicht!*

Als ich auf Jack zusteuerte, setzte sich der Pulk in Bewegung, und ab diesem Zeitpunkt war die Situation für uns beide klar. Da mich das aber mächtig in Panik versetzte, ging ich immer schneller. Auch Jack war mittlerweile im Laufschritt unterwegs. An der nächsten Ecke raunte er mir noch zu, dass wir uns trennen und uns zu Hause treffen wollten. Halbherzig begannen wir zu rennen, was allerdings nicht viel nützte. *Das sind Topsportler, die obendrein noch Kanonen tragen!*

An der nächsten Straßenecke war es für mich dann auch schon vorbei. Die kamen aus allen Ecken und Winkeln. *Ist da irgendwo ein Nest?* Offensichtlich hatten sie das gesamte Viertel rund um das Postamt abgesperrt. Ich fand, das war ein wenig zu viel der Ehre! Aber bitte. Je ein Polizeiwagen sperrte die Straße rechts und links von uns ab, als Jack auch schon in Handschellen vorgeführt wurde. So viel zu seiner Freundin Iris! Hatte ich es doch gewusst. Er warf mir noch einen Mitleid heischenden Blick zu, bevor man ihn in einen schwarzen Thunderbird verfrachtete. Da konnte er endlich in einem echten US-Car sitzen. *So hast du dir das aber nicht vorgestellt, oder?* Bloß die Umstände passten ihm scheinbar nicht so ganz. Jack sah ich damals das letzte Mal in Freiheit.

Mich begleitete man zu unserem Appartement, das kurz nach Waffen oder Ähnlichem durchsucht wurde. Man nahm mir meine Handschellen wieder ab und verabschiedete sich dann nach einem kurzen Blick in meinen Pass. Da ich ja nicht straffällig geworden war, sprach auch nichts für eine Abschiebung. Die Cops wollten gerade das Appartement verlassen, als ich fragte, was ich denn jetzt tun solle. Lapidare Antwort: „Geh zur Bank und hol dir das Geld, du wirst schon sehen, es ist dort." Sie verabschiedeten sich ganz artig und rieten mir noch allerwärmstens, aufs Konsulat zu fahren.

Ich war schockiert und erledigt. Jetzt stand ich allein in einem wildfremden Land da und hatte keine Ahnung, was noch auf mich zukommen sollte.

Jack Unterweger wird am 27. Februar 1992 in Miami verhaftet.
Mit dabei: Bianca Mrak. Sie wurde verhört, dann freigelassen.

In Handschellen. Jack Unterweger war
international gesucht worden. In Miami wurde
er dem Haftrichter vorgeführt.

Im Mittelpunkt der medialen Aufmerksamkeit:
Bianca Mrak, Unterwegers jugendliche
Fluchtgefährtin, war gefragte Interview-Partnerin
und Talk-Gast bei verschiedenen TV-Sendern.
Neue Kronen Zeitung (18.2. und 29.2.1992)

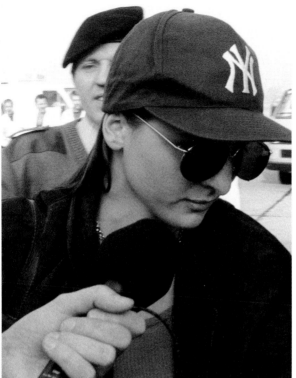

Bianca Mrak bei ihrer Ankunft am Flughafen
Wien-Schwechat am 2. März 1992: mit
einer Schirmmütze der New York Yankees,
Sonnenbrillen und Jet-Lag – sie wird sofort
von Reportern in Beschlag genommen.

Bianca und der Medienrummel in Wien:
Österreichs auflagenstärkstes Blatt sicherte sich
die Exklusivrechte an einer mehrteiligen
Serie von Bianca Mrak über Jack Unterweger
und ihren Erlebnissen mit ihm.

Lit 1700,– / Din 30,– / Dr 300,– / Ltqu 5500,– / Ft 95,– / Pts 170,–
Kanar. Inseln Pts 200,– / DM 2,50 / sfr 2,20 / SLT 60,– / Kčs 8.–

Neue
Kronen
Zeitung
UNABHÄNGIG

Sonntag, 8. März 1992   S 8,–

BIANCAS
UNHEILBARE
LIEBE

Erschrocken von der Wucht der Aufnahmen:
Als Bianca Mrak sich auf der Titelseite der
„SonntagsKrone" vom 8. März 1992 fand,
„... traf mich der Blitz aus heiterem Himmel!"

Am Flughafen München, während Bianca Mraks
zweiter Reise nach Miami: lächelnd,
fröhlich, zuversichtlich.

Unterweger: Selbstmord ist meine letzte Freiheit

Im Halbgesperre des Straflandesgerichts Graz spricht Jack Unterweger für NEWS in sein Diktiergerät: „Daß ich zum Spucknapf der Nation wurde, regt mich nicht weiter auf."

Sagt Jack Unterweger auf Fragen von NEWS-Reporter Walter Pohl. Es ist das erste Interview aus der U-Haft in Graz. NEWS traf auch die neue Frau in seinem Leben.

J ack Unterweger, der smart boy mit dem spitzbübischen ist alt geworden in der Haft lene Wangen, graue Schla geränderte Augen. Im A sitzt er, verdächtig des Mordes an ierten in mindestens sechs Fällen, seiner Zelle des Grazer Straflande die Wände voll mit Fotos seiner C Bianca Mrak, Jacks alte Liebe aus der Freiheit und Flucht, darf ihrer ben erst ab 9. November sehen. Da lich ist die Schülerin aus Wien völli das von ihrer Mutter verhängte „Be bot" gilt nicht mehr. Einem „leiwa stizbeamten verdankt sie den bishe Blickkontakt mit Jack. Der Mann Mädchen einen Fensterplatz im l schafft, von dem aus sie in paar M jenen Gefängnishof sehen konnte, weger gerade seine Runden drehte

Briefe von zwei Frauen. Jede zwei steigt Bianca um 6 Uhr 28 am W bahnhof in den „Ferdinand Raimu tung Graz, bepackt mit einer Tase

Aus der Haft: Doppeltes Spiel Jack Unterwegers mit mehreren Frauen.

News (2-92), Profil (9.3.1992)

Mörder oder Polizei-Opfer?

Dem Grazer Haftbefehl gegen den „Häfenliteraten" liegen amateurhafte kriminalistische Untersuchungen zugrunde.

D er „Häfenliterat" hatte alle Einwände seiner Anwälte beiseite geschoben. Er wollte freiwillig zurück nach Österreich: „Ich werde meine Unschuld beweisen." Im Verhandlungssaal IX des Miami Courthouse klappte Richter William C. Turnoff den Auslieferungsakt mit der Nummer 92-2277 zusammen und wünschte Jack Unterweger „viel Glück".

Für Montag dieser Woche, 10 Uhr, ist ein weiteres Hearing angesetzt, bei dem es zu einem verkürzten Abschiebeverfahren kommen dürfte. Josef Wegrostek, einer der beiden Wiener Unterweger-Anwälte, glaubt, sein Mandant könnte, wenn alles glattgeht, schon am Dienstag nachmittag dieser Woche mit dem Laudaair-Flug NG 16 in Wien eintreffen.

Jedenfalls wird Unterweger gleich nach seiner Rückkehr in die Untersuchungshaftling ins Grazer Landesgericht überstellt. Dort wurde am 13. Februar der Haftbefehl gegen ihn ausgestellt, der sich auf zwei unausgeklärte Grazer

Mordfälle bezog, in denen Unterweger als „dringend tatverdächtig" gelte.

● Am 26. Oktober 1990 verschwand die 39jährige Grazer Prostituierte Brunhilde Masser spurlos. Zwei Monate später fanden spielende Kinder ihre Leiche in einem Tümpel bei Graz. Korn, nördlich von Graz. Masser war erdrosselt worden.

● Am 7. März 1991 verschwand auch die 35jährige Grazer Prostituierte Elfriede Schrempf von ihrem Standplatz beim Grazer Volksgarten.

Mit großem Aufwand fahndete die Polizei nach einem weißen VW-Golf mit orange-roten Seitenstreifen, in den Schrempf eingestiegen sei. Alle Zulassungen wurden überprüft, die Bevölkerung in den Medien zur Mithilfe aufgefordert – ohne Erfolg.

Erst Anfang Oktober 1991, sieben Monate nach dem Verschwinden der Elfriede Schrempf, fanden Schwammerlsucher in einem Wald nahe Kehlberg bei Wildon die Leiche. Auch Schrempf war erdrosselt worden.

Die Mordfälle Masser und Schrempf sind nur zwei von sieben oder acht Fällen, in denen Jack Unterweger laut Polizei tatverdächtig ist:
● Neben den beiden Grazer sind es noch zwei Fälle in Vorarlberg und drei bis vier in Wien (die Prostituierte Regina Prem ist seit 28. April des Vorjahres abgängig).

Wiederholt erklärte Innenminister Franz Löschnak, die Indizien gegen Unterweger verdichteten sich. Am Dienstag der Vorwoche störte der „Standard" des Ministers Euphorie. Aus dem Wiener Sicherheitsbüro seien „verwirrende oder pessimistische Äußerungen zu hören: ,Die Suppe wird immer dünner', heißt es, und: ,Von den Indizien ist nicht mehr viel übrig." Ähnlicher Pessimismus war in der Vorwoche auch aus dem Justizministerium zu hören: „Je mehr untersucht wird, desto dünner wird die Suppe."

Schon im Frühsommer des Vorjahres hatte Ernst Geiger, Leiter der Wiener Mordkommission, nach einem Besuch bei seinem Grazer

---

(left column, continued)

...he für Jack. Zwei Briefe pro Woche immer noch, die sie ihm schreibt, „auf Distanz", so meint sie, mache ...ig noch keine Probleme (siehe

...egers engste Kontaktperson ist im ... jedoch eine andere: Astrid Wagner... re alt, Juristin, von Unterwegers... total überzeugt". Seit Tagen geht... person gefunden haben soll. Wir... eine zwei Häuserblocks vom Landesgericht... entfernt. Auf dem Schreibtisch ihr... ...ng stapeln sich Jacks Briefe aus... Kurz nach seinen Selbstmord... ...hatte sie ihm zum ersten Mal ge... ...hre erste Botschaft: „Es gibt im... ...Menschen, die zu Ihnen stehen." ...ortbrief ging über „mehrere eng... ...ne Seiten". Wenig später waren... ...brieflich – schon per du, „räum... ...e und dennoch in zwei so ver... „Lebenswelten", wie Astrid Wag...nterview sagt. Inzwischen hat sie... ...15 Mal besucht.

Hoffentlich überlebt er. Zum ersten persönlichen Zusammentreffen kam es am 16. August, zwei Tage vor Jacks Geburtstag. Ohne einen Ausweis zeigen zu müssen, kam die 29jährige bis ins Halbgesperre und war „entsetzt, in welch schlechter Verfassung" sich Unterweger präsentierte. Bei einem späteren Besuch, als wieder einmal Biancas Briefe an Jack stark zensuriert worden waren, standen dem 42jährigen Tränen in den Augen. Damals, so erzählt die Juristin, habe sie nur gehofft, „daß er das Wochenende überlebt". Denn da gilt Besuchsverbot für alle Häftlinge, und die Einsamkeit ist groß. Unterwegers brüchige Sätze aus einem seiner Briefe: „10 vor 10, so in etwa jene Zeit vor dem Einschlafen, ab 21 Uhr kein Licht, so zirka 10 bis 23 Uhr out, ab 4 Uhr 30 aber wach. Das sind die brutalsten Stunden."

In solchen Stunden klammert sich Jack Unterweger mehr denn je an seine Hoffnung, durch minutiöses Aufarbeiten der Monate in Freiheit einen Beweis für seine Unschuld liefern zu können. Oder mit den Worten von Astrid Wagner: „In seinem Fall hat sich ja die

Bianca Mrak: Probeaufnahmen für den Playboy, 1993.

Nachdem sich meine Nerven etwas beruhigt hatten, trat ich wie in Trance den Weg zum Postamt an. Die Wohnung verschloss ich nicht, weil ich nicht dachte, dass ich dorthin noch mal zurückkehren würde. Allerdings hatte ich nicht mit den neugierigen Nachbarn gerechnet.

Zuerst rief ich mal meine Familie an, um endlich nach Hause fahren zu können. Meine Mutter weinte, als ich mich bei ihr meldete: „Du kommst sofort nach Hause! Ich gebe dir genau eine Stunde, dann bist du gefälligst da!" – „Mama, das geht nicht ..." – „Ich sage, du kommst jetzt schnellstens hierher!" – „Mama, ich bin in Miami!" – „Wo ist das?" Nicht dass sie nicht gewusst hätte, wo Miami liegt, aber ich denke, sie konnte mir noch nicht so recht glauben. „Mama, ich komm ja nach Hause, aber ich habe kein Geld und kein Ticket. Bitte ruf doch du bei der Polizei in Wien an und sag denen, dass wir in Miami festgenommen wurden."

Wenn ich allem Glauben schenkte, was mir meine Mutter noch an den Kopf schleuderte, war ich mir gar nicht so sicher, ob ich auf schnellstem Wege nach Hause wollte. Aber es half alles nichts. Ich suchte mir die Adresse vom österreichischen Konsulat und machte mich auf den Weg nach Downtown. Vorher behob ich noch das Geld, welches Gustav und Iris an uns geschickt hatten. *Ha, müde zweihundertfünfzig Dollar sind es, Jacks Gesicht möchte ich jetzt gern sehen ... So viel dazu! Die guten Freunde eben ...*

Die Taxifahrt nach Downtown dauerte eine halbe Ewigkeit, bis ich schließlich die Räumlichkeiten des Konsulats betrat. Das war eine bessere Bruchbude, und der Beamte, der sich für mich zuständig erklärte, hatte auch schon die besten Jahre hinter sich. *Sauber!*

Obendrein hatte er keine Ahnung, wer ein gewisser Jack Unterweger sein sollte oder was gar ich von ihm wollte. Nach Er-

örterung der Sachlage fand er es dann doch besser, mich wieder
von dannen zu schicken! Ich sollte zurück in unser Appartement
und mich halt wieder mal bei ihm melden. Bei Gelegenheit oder
so. Der hatte überhaupt keine Ahnung von gar nichts!

Gut, also wieder Richtung Appartement, wo mich die
nächste Überraschung erwartete. Unsere gesamte Habschaft war
geplündert worden! Einige müde Pullover waren noch da, aber
kein einziges Möbelstück mehr, und sogar die Schreibmaschine
hatten sie uns geklaut! Ich ertappte gerade noch eine Nachba-
rin, die sich an unserem erst kürzlich erworbenen Tisch zu schaffen machte. *Na, kann ich vielleicht helfen?* Nun war aber meine
Energie schon gefährlich am Nullpunkt und ich wollte mich nicht
mehr streiten. Also übersah ich diese Diebesbande großzügig
und machte mich abermals auf den Weg zum Postamt.

Inzwischen hatte meine Mutter meine Aussage über unseren Verbleib überprüft und bestätigt bekommen und fragte mich
nun, warum ich noch nicht ins Konsulat gefahren sei. *Lustig!* „Na
weil der Tattergreis dort keine Ahnung und mich wieder heimge-

schickt hat!" – „Du fährst sofort wieder dorthin! Die wissen schon Bescheid, und wenn nicht, ruf mich vom Konsulat aus noch einmal an!" *Ja, Mama!* Ende.

Gesagt, getan, knapp eine halbe Stunde später betrat ich das Konsulatsgebäude mit allen Habseligkeiten, die mir noch geblieben waren. Doch dieser Empfang war so ganz anders als der vorangegangene! Rege Geschäftigkeit und wahre Besorgnis um meinen Gesundheits- und Geisteszustand standen dem Beamten ins Gesicht geschrieben. *Mit so viel Arbeit und Aufwand hat der auf seine alten Tage wohl nicht gerechnet. Hihi!* Ich musste sofort mit den österreichischen Behörden telefonieren, die sich allesamt nur besorgt um mein Leben zeigten. *Wie rührend!* Stellte sich doch Jahre später heraus, dass man Jack schon seit Beginn meiner Bekanntschaft mit ihm im Visier hatte! *Da hat man seitens der Justiz und der Exekutive wochenlang in Kauf genommen, dass mir etwas zustoßen könnte, und jetzt heuchelt man mir Besorgnis vor! Mein Gefühl trügt mich selten!*

Jetzt überkam mich allerdings die Müdigkeit und so verfrachtete man mich ins *Marina Park Hotel* in Miami, um mich am nächsten Morgen wieder abzuholen. Denn die Polizei in Wien hatte eine Eskorte für mich zusammengestellt, die mich aus Miami abholen sollte.

Im Zimmer fand ich keine Ruhe. Ich telefonierte mit sämtlichen Polizeistationen in und um Miami, mit dem FBI und mit den US-Marshals. Keiner konnte mir sagen, wohin man Jack verbracht hatte. *Kaum zu glauben, da wird ein Viertel extra*

wegen uns abgesperrt, eine filmreife Verfolgungsjagd und eine spektakuläre Verhaftung abgehalten, und keiner kann mir sagen, wo Jack ist! Saftladen!

Unruhig wanderte ich in den Straßen von Miami umher, im Zimmer hätte ich es nicht mehr länger ausgehalten. Ich war bei so ziemlich jeder Polizeistation, die ich vom Sehen kannte. Jedes Postamt machte ich unsicher, jede Telefonnummer rief ich an, doch keine Spur von Jack. Völlig entmutigt und einsam machte ich mich auf den Weg zurück ins Hotel.

Nachdem ich mitten in der Nacht auf mein Zimmer kam, läutete das Telefon. Die Wiener Polizei! Ob es mir gut gehe und wie ich die ganze Sache psychisch verkraften würde ... *Blablabla! Siehe oben!* Außerdem vereinbarten sie ein Treffen morgen gegen Mittag im Konsulat, ich würde von einem Beamten und einer Beamtin abgeholt werden. Nach Rücksprache mit einem hochrangigen Polizisten, der mir versicherte, dass mir daraus keine Kosten erwachsen würden, willigte ich ein. Nachdem ich mich nicht wehren konnte und eigentlich auch ganz froh war, dass das Ganze jetzt nicht mehr in meinen Händen lag, fiel ich in einen unruhigen Schlaf.

Offensichtlich war ich aber in dieser Nacht die Einzige, die zu etwas Schlaf kam. Die Journaille recherchierte hektisch nach unserem Aufenthaltsort und die Polizei war sicher auch nicht untätig. Dass die Polizei mit den Medien zusammenarbeitet, ist ja bekannt, aber das was mich am nächsten Morgen erwartete, war unbestritten der Gipfel!

Bereits um acht Uhr klingelte wieder das Telefon, und welch Überraschung – es war der *Axel Springer Verlag* aus Hamburg! *Möchte nur mal wissen, wie die zu der Telefonnummer samt Zimmerdurchwahl gekommen sind! Angeblich wissen nur meine Mutter und eine Hand voll Beamte Bescheid ...* Offensichtlich hatten die bei den österreichischen Behörden so ihre Informanten! Denn meine Mutter hatte die Telefonnummer niemandem gegeben. Ob ich ihnen ein Interview gewähren würde? *Nie und nimmer!* Ich hängte einfach auf. Aber das war erst der Anfang. Insgesamt stellte man mir vier Anrufe in zehn Minuten durch. Der *Axel Springer Verlag* gab so schnell nicht auf, jetzt wollte die New Yorker Dependance ein Interview, was ich ebenso schnell erledigte wie den ersten Anruf. Der dritte Anruf wurde interessant. Jetzt meldete sich die *Kronen Zeitung* aus Wien mit ihrem damals jüngsten Reporter, Tobias Micke. Allerdings war meine Laune bereits am Nullpunkt, und so bekam er alles Fett weg, das eigentlich die undichte Stelle bei der Polizei abkriegen hätte sollen. Ganz artig fragte er mich nach einem Exklusivinterview, was ich mit den Worten „Vergiss des, Burli!" beendete.

Aber die Medien wussten bereits, wo ich war, und es konnte nicht lange dauern, bis sie hier in der Hotelhalle ihre Zelte aufschlagen würden. Der vierte Anruf kam aus dem Konsulat, wo man ganz verzweifelt die vielen Anrufe und Interviewanfragen abzuwehren versuchte. Ich wurde zu schnellst möglichem Packen angehalten, man käme mich abholen und ich sollte das Quartier wechseln. Schleunigst! Die Journaille war bereits da! *Na, wenn das nicht zackig ist! Nur keine Zeit verlieren, Burschen! Ab nach Miami!*

Bis dahin dachte ich noch, dass der Fall eine kleine Nummer in Österreich sei. Aber so wie es aussah, waren die Deutschen und die Amis gleichsam neugierig. So hatte ich mir das auf keinen Fall vorgestellt. Ich hatte eine Riesenangst vor den Konsequenzen, die zu Hause auf mich warteten.

Das nützte jetzt aber auch nichts mehr. *Den Schlamassel hast du dir ganz allein eingebrockt. Pfui!* Ich musste so schnell wie möglich packen, was bei den wenigen Habseligkeiten rasch erledigt war, und schnellstens verschwinden. In der Hotellobby wartete schon der Konsularbeamte auf mich und teilte mir den weiteren Plan mit. Die Polizisten aus Wien seien schon unterwegs, sie würden gegen Mittag im Konsulat erwartet. Bis dahin hätte ich dort zu warten und mich nicht mehr zu rühren. *Auch gut.* Man gab mir Zeitungen und erst da dämmerte mir das Ausmaß dieser Geschichte so langsam.

Alles voll mit unserer Story! Seitenweise Material über den Fall Unterweger und die Flucht. Während ich immer entsetzter wurde, drückte man mir den Telefonhörer in die Hand. Dran war mein Vater. „Kind, soll ich dich abholen aus Miami?" – „Danke, ist nicht nötig, spar dir das Geld, ich werde von zwei Polizisten abgeholt!" Aber er ließ nicht locker: „Bist du dir sicher, dass ich dich nicht abholen soll?" Das machte mich dann doch ein wenig stutzig. Diese Fürsorge war ich so gar nicht gewohnt. Und mein Gefühl sollte mich auch diesmal nicht täuschen! „Die *Kronen Zeitung* steht bei mir im Wohnzimmer und würde den Flug bezahlen!" *Na, da haben wir es ja! Die haben sogar schon meine Familie unterwandert! Die sind ja schlimmer als die Kakerlaken da!* „Danke, nein, ich bin so weit ich weiß morgen zu Hause und werde voraussichtlich auch nicht so schnell Zeit haben, mit dir zu reden, geschweige denn Urlaub zu machen!" Das war dann doch eindeutig. Ich riet ihm noch, er solle die Reporter rauswerfen und/oder sie zum Teufel jagen!

Einige Monate später erhielt ich einen Brief, in dem ich von der Republik Österreich aufgefordert wurde, die „Eskortspesen" der beiden Exekutivbeamten sowie meine Rückholungsspesen mit der Gesamtsumme von eintausendfünfhundert Euro zu begleichen! *Hab ich da was verpasst? Da wollen die Herrschaften unbedingt eine Aussage von mir, geleiten mich mehr oder minder ohne mich zu fragen nach Hause, und ich soll jetzt blechen?*

Hat nicht auch die Kronen Zeitung angeboten, für meinen Rück-flug zu bezahlen?

Ewige Stunden zogen sich dahin, ehe die Eskorte aus Wien ankam. Sie legten eine Sorge an den Tag, die ihresgleichen sucht, und hingen an meinen Lippen. Ab diesem Zeitpunkt ließ man mich nicht mehr aus den Augen. Gerade, dass ich allein auf die Toilette durfte! Das wiederum wurmte mich schön langsam gewaltig. *Ich bin nicht diejenige, die verhaftet wurde. Gegen mich liegt nichts vor.* Aber da die Beamten ja gründlich psychologisch geschult waren, lullten sie mich sofort wieder ein.

Sie brachten mich in ein Hotel in der Nähe des *Marina Park,* wo ich mir ein Zimmer und ein Doppelbett mit der Beamtin teilen musste. Im Nachhinein eine echte Frechheit, ich stand nicht unter Gewahrsam! Damals ließ ich das alles über mich ergehen, weil ich es nicht besser wusste. Man wies mich nach einer Zeit an, das Hotelzimmer nicht zu verlassen, sie würden sich noch gern in Miami umsehen. Dankbar für die – wie sich später herausstellte letzte – Auszeit fiel ich in einen tiefen Schlaf.

Am nächsten Morgen waren wir alle gemeinsam auf dem Weg zum Flughafen, wo die Tickets bereits vom Konsularbeamten gekauft wurden. Unterwegs im Taxi erzählten sie mir noch, dass sie am Vorabend, während ich schlief, Jack im Gefängnis besucht hätten und er mich grüßen ließ. Es ging ihm laut deren Aussage den Umständen entsprechend gut. Das beruhigte mich ein wenig, und ich war froh, das Ganze endlich hinter mir lassen zu können. Die beiden Polizisten schärften mir noch ein, mich im Flieger bedeckt zu halten, denn die ersten Reporter wären bereits da und man könne ja nie wissen, wo sich einer der Schreiberlinge verberge. Wie Recht sie doch hatten!

Der Flug ging vorerst mal nach New York, und was ich diesmal wieder nicht bedacht hatte, war der Temperaturunterschied, der uns erwartete. In Miami zählten wir heiße zweiunddreißig Grad, in New York kaum an die Null! Ich hatte den Flieger mit einem roten Minikleid ohne Strümpfe und ohne Jacke bestiegen. Kaum in New York angekommen, packte mich der Eiswahnsinn! Ich musste was Warmes zum Anziehen haben. Alle Leute starrten mich an, was dem Wunsch der Beamten nach Bedeckt-Halten nicht gerade entgegenkam. Wie auch immer, ich brauchte was Warmes. So kramte ich eine dicke Strumpfhose, die noch ein Andenken an die Schweiz war, hervor und zog sie mir in einer Flughafentoilette an – so ging es schon besser. Wir machten uns auf den Weg, um die Anschlussmaschine zu ergattern, was am JFK-Airport echt eine Aufgabe war. Eiskalt und Drängelei im Bus – ich war echt geschafft.

Kaum im Flugzeug, die nächste Überraschung: Nichtraucherplätze! Auch das noch. Aber Glück im Unglück, im hinteren Teil, eben im Raucherteil, war noch ein Gangsitz frei. Dorthin wechselte ich jedes Mal, wenn mich meine Sucht überkam. Der Herr, der am Nebensitz saß, machte einen unbedarften und sehr sympathischen Eindruck auf mich. „Kommen Sie auch aus Miami? Ich habe Sie am Flugsteig gesehen, und ich muss Ihnen sagen, Sie sehen sehr adrett aus in diesem Kleidchen!" *Na klar, ein paar Komplimente und ich schmelze förmlich dahin.*

Nachdem wir geklärt hatten, dass ich ebenso wie er aus Miami kam, hielt mir dieser Mensch eine *Kronen Zeitung* mit meinem Gesicht am Titelblatt unter die Nase. Richtig erstaunt fragte er mich doch glatt, ob ich schon von diesem Verbrecher, eben dem Unterweger, gehört hätte. „Nicht wirklich, was ist mit dem?" *Schauspielern konnte ich damals schon gut, aber eben nicht gut genug.* „Na, der ist mit seiner jungen Freundin abgehauen, und keiner weiß, wie's der jetzt geht, vielleicht ist die gar in Lebensgefahr ...?" *Treffer versenkt!* „Der ist gar nichts passiert, weil die am Heimweg nach Österreich neben Ihnen in diesem Flugzeug sitzt!"

Und nach einiger Zeit stellte sich zu meinem Glück noch heraus, dass ich hiermit mein erstes Exklusivinterview gegeben hatte. Die beiden Kriminalbeamten, die mich begleiteten, wurden immer nervöser und warnten mich nun eindringlich vor der miesen Journaille, man wisse ja nie! Damals fand ich diese Sorgen noch richtig rührend, auch wenn ich mich an nichts hielt, was die beiden vorschlugen! Doch im Nachhinein stellte sich heraus, dass sie die spärlichen Informationen, die ich ihnen bieten konnte, nicht mit der Presse teilen wollten. Oder noch nicht so früh halt!

Der Flug war lang und fad und überhaupt richtig ungut. Ich fühlte mich mittlerweile wie auf dem Präsentierteller. Dieses Gefühl verstärkte sich mit jedem zurückgelegten Kilometer. Außerdem war der Typ in der hinteren Reihe jetzt gar außer Rand und Band. Alles Mögliche wollte er wissen ... *Was wird mich erst daheim erwarten?*

Da wir einen Nachtflug gebucht hatten, kamen wir am frühen Mittag in Wien Schwechat an, wo das wahre Fiasko erst beginnen sollte.

Mir wurde vor der Landung von den beiden Polizisten versichert, dass keine Presse zu sehen sein würde. Ganz sicher nicht! Dafür hätten sie schon gesorgt! Außerdem würde der hintere Ausgang des Flugzeugs für mich gesperrt sein. Mit extra Stiege und so. *So weit so gut, aber wozu bitte diese Umstände? Ich will doch nur nach Hause und von diesem Trip runterkommen!* Doch das war schwerer, als ich mir gedacht hatte.

Nach der Landung sah ich schon einen Haufen Journalisten und Fotografen und Hundeführer der Polizei und Metallabsperrungen und viele Autos. *Von wegen – sie halten die Presse raus!* Mir schlotterten so die Knie, dass ich nicht mal richtig stehen konnte. Zuerst weigerte ich mich, das Flugzeug überhaupt zu verlassen, dann schickten sie einige weitere Beamte hinauf in den Flieger, den zu verlassen ich sicher nicht gedachte!

Wie auch immer, irgendwann fügt man sich der Staatsgewalt und hofft, dass es gut geht. Da ich aber mit meinen Knien aus Gummi nicht wirklich laufen konnte, bot mir ein Kriminalbeamter seinen Arm an. Was mir in weiterer Folge von Jack als „Verbrüderung und Verhaberung" mit der Polizei vorgeworfen wurde!

Die Treppe abwärts bewältigte ich so gut es eben ging am Arm des Polizeibeamten. Ich wurde von den Fotografen angeschrien: „Bianca, schau daher!" und „Bianca, dreh dich zu mir!" und „Willst du etwas sagen? Wie geht's dem Jack?" Zuerst war ich geschockt über die Unverfrorenheit der Polizei, mich der Presse zum Fraß vorzuwerfen, dann kroch langsam die Wut in mir hoch. Bevor ich aber einen meiner berühmt-berüchtigten Wutausbrüche bekommen konnte, wurde ich in einen Mercedes verfrachtet, der mich zum Gebäude der Flughafenpolizei chauffierte. *Dieses Gebäude siehst du von innen normalerweise nur, wenn du Popstar bist, oder Politiker oder ein Reisender, der aus exotischen Ländern mit einigen Kilos an Souvenirs im Darm ankommt ...*

Gleich wurde die Weiterfahrt ins Wiener Sicherheitsbüro veranlasst, was mich doch ein wenig erstaunte, dachte ich doch noch immer, ich könnte jetzt nach Hause gehen und so weiter machen wie bisher. Oder so ...

Doch schon die Fahrt in die Wiener City gestaltete sich filmreif. Die Polizeieskorte wurde noch von einer Meute Fotografen und Filmteams eskortiert. Dabei wurde der Geschwindigkeit keine allzu große Bedeutung zugemessen. *Aber wenn man schon im Auto der Kriminalpolizei mitfährt, darf man das nicht so eng sehen. Und von wegen Ausruhen! Weit gefehlt!* Ich hatte einen Verhörmarathon von über zwölf Stunden vor mir!

Zunächst aber stand mir die erste Begegnung mit meiner Mutter bevor. Ich hatte von Anfang an kein gutes Gefühl dabei. Und während ich mir noch die schlimmsten Dinge ausmalte, bekam ich zur Begrüßung gleich mal eine Ohrfeige, die sich gewaschen hatte! Ich glaube den Fingerabdruck in meinem Gesicht konnte man noch länger sehen. Wortlos, ohne Vorwarnung. Einfach so. Bloß so! Aber dass sie mich vor all diesen Leuten so abkanzelte, konnte ich nicht fassen. Sie hätte auf ein Gespräch unter vier Augen bestehen können, aber sie tat es nicht. War wohl der ganzen Situation zuzuschreiben. Irgendwie.

Das Verhör begann alles in allem ziemlich freundschaftlich. „Schau, Mädl, wenn du uns schnell alles erzählst, was wir wissen wollen, kannst du auch schnell nach Hause! Einfache Rechnung, oder?" Ich erzählte meine vollständige und unverdrehte Geschichte, alles was ich wusste, nicht einmal, auch nicht zweimal, sondern sicher fünfmal. Und sie glaubten mir noch immer kein Wort! Jedes Mal stellten sie mir die gleichen Fragen, bis ich gegen späteren Abend Hunger anmeldete. Ohne Essen werde ich wie gesagt unleidlich und grantig. Das begriffen sie dann doch schneller als das, was ich ihnen eigentlich seit Stunden sagen wollte: *Ich weiß nichts! Ich habe niemals mit Jack vor der Flucht über Nuttenmorde gesprochen. Niemals!*

Wiederum wurde ich in ein Auto gesteckt, welches dreimal um die Ecke fuhr, um uns dann vor einem Wirtshaus abzusetzen. Nachdem wir alle frisch gestärkt waren, machten wir uns nach einer Stunde wieder auf den Weg ins Sicherheitsbüro. Die Hochburg der Polizei. *Ab in die Kommandozentrale!*

Die Stimmung zwischen den Beamten und mir wurde nach außen hin immer freundschaftlicher, jedoch auch vorsichtiger und lauernder. Ich wurde zeitweise von fünf psychologisch gut geschulten Kriminalbeamten gleichzeitig verhört. *Kein Zuckerschlecken, das kann ich verraten!* Und sie glaubten mir immer noch nicht! Es war zum Verzweifeln!

Irgendwann einmal, ich weiß nicht mehr, wie mir das gelang, kauften sie mir scheinbar doch ab, dass ich ihnen nicht in dem Ausmaß helfen konnte, wie sie es gern gehabt hätten. Pech! Und so wurde ich gegen zwei Uhr früh bei meiner Mutter ausgesetzt. Auch der letzte Reporter, der vor meinem Wohnhaus herumlungerte, war inzwischen daheim in seinen Federn. *Wie wird wohl die zweite Begegnung mit meiner Mutter enden?*

Das wiederum fand ich gleich mal heraus. Sie schlief immer noch nicht und bereitete mir einen Empfang, der sich gewaschen hatte. Vorwürfe, Vorwürfe, Vorwürfe. Zugegeben: Ich hatte einen Fehler gemacht, einen Riesenfehler, aber mir die Sache wieder und wieder vorzukauen und auf mich einzureden wie auf eine kranke Kuh, das brachte dann doch nichts. Ich wollte schlafen gehen und am nächsten Morgen mit der Schadensbegrenzung beginnen. Sofern das noch möglich war.

Doch zu der sollte ich überhaupt erst einige Jahre später kommen ...

Am Tag nach meiner Ankunft in Wien klingelte das Telefon in einer Tour, was sich wiederum auf das Verhältnis zwischen meiner Mutter und mir nicht wirklich entspannend auswirkte.

Und das alles trotz Geheimnummer. *So viel eben zum Datenschutz!* Ich wurde bald vom Sicherheitsbüro angerufen, wo mir nahe gelegt wurde, einen Rechtsanwalt im dritten Wiener Gemeindebezirk zu konsultieren. „Wende dich bitte an den Herrn Dr. Franz Ferdinand Bauer. Der ist wirklich vertrauenswürdig und nimmt deine Interessen wahr", so die Ansage seitens des Sicherheitsbüros. Später erfuhr ich, dass die *Kronen Zeitung* bereits auf ein Interview mit mir wartete und ich eben diesen einen Anwalt nötig hatte.

Gesagt, getan! Ich verließ die elterliche Wohnung und schlenderte Richtung Landstraße, unserem dritten Bezirk in Wien.

Der Rechtsanwalt war ein mittelalterlicher Mann mit beeindruckender Kanzlei. Sehr nett und zuvorkommend. Er eröffnete mir alsgleich, dass die *Kronen Zeitung* ein Exklusivinterview mit mir machen und dafür auch fein bezahlen wolle. „Wie hoch ist denn die Summe, über die wir da sprechen?", wollte ich unbedingt wissen. „Da Sie im Flugzeug ja schon ein erstes Interview gegeben haben, wird der Betrag wohl nicht so hoch ausfallen wie sonst üblich ...!", meinte mein Rechtsbeistand. *Logisch, dass bereits alle Welt davon weiß. Ist doch mein erstes Exklusivinterview bereits im Standard, der rosa Zeitung, erschienen. Und alle Welt hat es gelesen. Natürlich auch die Kronen Zeitung. Egal, ich habe keinen Job, keine Aussicht auf einen, und Interviews geben, das kann ich. Jawohl!*

„Es war wie in einem US-Fernsehkrimi"

Bianca, Unterwegers Verlobte, sprach im Flugzeug über Flucht und Unschuld

Reinhard Göweil

New York/Wien – „Ich bin Bianca, die Verlobte Jack Unterwegers." So stellte sich das 18jährige Mädchen in der AUA-Maschine OS-502 von New York nach Wien vor. Während des Fluges erzählte die junge Frau, Begleiterin des in Miami inhaftierten Gefängnis-Literaten, dem STANDARD Details über ihre Reise.

„Es war meine Idee, nach Miami zu fliegen", sagt Bianca. „Es war überhaupt das erste Mal, daß ich geflogen bin. Warum ausgerechnet Miami? – „Vielleicht, weil mir Don Johnson gefällt."

Die gemeinsame Flucht habe um 24 Jahre älteren Jack Unterweger und Bianca noch enger aneinander gebunden. Bianca erzählt, daß Jack und sie sogar überlegt hätten, in Miami zu heiraten. Bianca: „Aber da muß man Pässe vorzeigen. Und dann hätten die Behörden sofort den Namen von Jack gehabt."

Sie konnten noch nicht wissen, daß das FBI seit der Ankunft am JFK-Airport in New York ihre Spur verfolgte. Bianca geheimnisvoll: „Geheiratet haben wir nicht, aber für meine Mutter habe ich noch eine Bombenüberraschung."

Sie sei von der Unschuld ihres Verlobten überzeugt. „Jack hat die Mädchen nicht ermordet."

Sie müsse vorsichtig sein, denn zwei Beamte der Wiener Sicherheitsbüros begleiten sie nach Hause, sagt sie. Die beiden sitzen in der Maschine.

Bianca: „Unsere Ankunft im Miami war völlig überraschend.

Wir sind aus dem kalten Zürich gekommen, Jack hat einen Pelzmantel angehabt, ich eine Lederjacke. Wir waren viel zu warm angezogen und sind zuerst planlos durch Miami gelaufen. Eine ganz unglaubliche Stadt."

„Die Verhaftung spielte sich – so Bianca – genauso ab „wie in US-Fernsehkrimis". Wenn die 18jährige Wienerin erzählt, hat man den Eindruck, sie sei sich der Tragweite des Erlebten nicht bewußt und sie nehme die Geschehnisse auf die leichte Schulter.

Da ihr Visum in Ordnung war, wurde sie schnell wieder auf freien Fuß gesetzt, freilich ohne das Geld da. Die beiden Sicherheitsbeamten bezahlten fürs erste den Flug zurück nach Wien.

Wie die überraschende Verhaftung Unterwegers in den USA zustande kam, bleibt rätselhaft: Auch im Amtsschimmel,

in Österreich überfordert hat: Auch die beiden Beamten mußten sich vorläufig den Flug aus der eigenen Tasche bezahlen.

Bianca, die in der AUA-Maschine vom ersten Mal seit der Flucht österreichische Zeitungen zu Gesicht bekam, genießt die plötzliche Popularität genauso wie sie vor ihr Angst hat. „Die Leute starren mich an, als ob ich weiß Gott was wäre."

Zornig wird sie, als sie im STANDARD den Vorwurf des Grazer Gerichtspräsidenten Winfried Enge liest, Jack Unterweger hätte sie wissentlich an eine Schweizer Prostituierten-Agentur vermittelt. „Das Lokal in der Nähe von St. Gallen ist eine sogenannte Nachtsbar. Wir haben dort zwar leichtgeschürzt serviert, aber man hat nichts gesehen, keinen Busen oder so."

Sie gibt zu, daß es in dem Lokal oft recht hoch her gegangen ist, da in der Nähe ein Truppenübungsplatz der Schweizer Armee liegt. „Der Jack hat am Anfang ganz schön blöd geschaut", sagt Bianca. „Als Prostituierte habe ich aber nicht gearbeitet", sagt das Mädchen, das die siebente Klasse eines Wiener Gymnasiums besucht.

„Polizei gibt alles weiter"

Daß sich Jack Unterweger nicht den österreichischen Behörden, sondern der Flucht ergriff, ist für kein Eingeständnis seiner Schuld. „Die Zeitungen haben es gewußt, bevor die Fahndung

draußen war", erzählt Bianca. „Jack hat kein Vertrauen zur österreichischen Polizei. Alle Informationen werden weitergegeben." So werde das Telefon ihrer Mutter abgehört.

Bianca wurde bei der Ankunft in Wien von Sicherheitsbeamten sofort in einem am Rollfeld wartenden Mercedes verfrachtet und zur Vernehmung im Wiener Sicherheitsbüro gebracht.

Wiener Anwalt soll Honorare aushandeln

Auch einen Rechtsanwalt hat sie bereits. Johann Etienne Korab soll die aber weniger gegen Anschuldigungen verteidigen, als vielmehr die Honorare für Exklusiv-Interviews für sie verhandeln. Einige Hunderttausend Schilling seien ihr bereits angeboten worden. Jack Unterweger sitzt im „Metropolitan Federal Prison".

Die Schnelligkeit ihrer Flucht und auch ihrer Honorare ließ sich doch an ihrer Kleidung ablesen. War sie in Miami, wo es über 20 Grad hat, zu warm angezogen, so hatte sie in New York, wo man Samstag, am Tag des Abflugs, minus sechs Grad maß, viel zu leichtes Gewand an: ein enganliegendes, kurzes, rotes Stretchkleid.

Was sie in nächster Zeit machen will, weiß Bianca noch nicht. Eigentlich sollte sie zurück zur Schule, aber der Medienrummel mache sie unsicher: „Außerdem weiß ich nicht, wie meine Klassenkameraden auf die Sache reagieren."

Der Standard (2.3.1992)

Wir vereinbarten einen Termin zwischen meinem Anwalt und dem der *Kronen Zeitung*. Dass diese beiden Herren sich bis vor kurzem noch die Kanzlei meines Advokaten geteilt hatten, verschwieg man mir ... Der Anwalt der Zeitung, Herr Dr. Fritz Doran, ein gut aussehender Mann, allerdings auch schon im fortgeschrittenen Mittelalter, verhandelte vor meinen Augen mit meinem Dr. Bauer. Es ging um rund achtzehntausend Euro und einen kräftigen Maulkorb. Ich durfte kein Wort zu niemandem rauslassen, denn sonst hätte ich die doppelte (!!!) Summe zurückzuzahlen.

Meine Mutter machte den glorreichen Vorschlag, mir doch ein geringes Taschengeld zu geben, um vorerst leben zu können und den Rest bis zu meinem neunzehnten Geburtstag auf ein Treuhandkonto legen zu lassen. Außerdem sollte ich für eine Woche in ein Appartementhotel ziehen und mich dort verstecken. Das mit dem Verstecken war mir nicht so Recht, andererseits konnte ich dort endlich zur Ruhe kommen – dachte ich zumindest. Also begossen wir den Vertragsabschluss noch mit einem Glas Prosecco, bevor ich mich auf den Heimweg machte, um ein paar Kleidungsstücke zu holen. In die Wohnung von Jack konnte ich nicht, denn die Polizei war mit der Hausdurchsuchung noch nicht fertig. Also kramte ich bei meiner Mutter nach ein paar alten Sachen, bevor ich mich ins Hotel nach Sievering (neunzehnter Wiener Nobelbezirk) aufmachte.

An der Rezeption wartete bereits eine Fotografin mit ihren Kollegen auf mich. Man gönnte mir also keine Verschnaufpause. Im Gegenteil, sie wollten gleich ein Foto und ein Interview haben. Ich dagegen bloß eine Dusche und ein wenig Ruhe. Nachdem wir uns geeinigt hatten, mir bitte eine halbe Stunde Zeit zu geben, verschwand ich im Hotelzimmer. Nett! Äußerst nett! Zweistöckig mit zwei kleinen Terrassen und sehr, sehr ruhig. Genau das, was ich brauchte!

Nach der Dusche und einem frischen Gewand befand ich mich bereit für ein kürzeres Gespräch mit den Pressemenschen. *Wer kann denn ahnen, dass die noch mehr wissen wollen als das Sicherheitsbüro?* Die Fotografin, Melissa Grohner, schminkte mich her wie ein kleines Luder und machte die ersten Probeaufnahmen. Da ich es damals nicht besser wusste, war ich in den Händen der Presse bloß eine Marionette. Aber da musste ich anscheinend durch. Na, zumindest für die *Kronen Zeitung*!

Die mitgekommenen Redakteure – für einen war es offensichtlich zu viel Stoff – kritzelten bereits in ihre Notizblöcke. Ich sollte ihnen jeden Tag ein Interview geben, das sie dann zu einer Serie verarbeiten würden ... *Muss das sein?*

Nachdem ich diesen zweiten Marathon innerhalb von zwei Tagen nach fast neun Stunden hinter mir hatte, verzogen sich die Leute wieder und ich war endlich allein! Das hatte ich dringend nötig, denn ich wollte mit meinen dreitausendfünfhundert Euro Vorschuss (Taschengeld) shoppen gehen. Aber mir blieb gerade mal so viel Zeit, mir einen Filofax-Lederkalender zu kaufen. Braunes, auf Kroko geprägtes Kalbsleder um dreihundertfünfzig Euro. So was brauchte man als Frau mit Terminproblemen anno 1992!

Die Woche verging mit abwechselnden Interviews bei der Zeitung und der Polizei. Immer wieder stand etwas in der Zeitung, wovon die Polizei angeblich noch nie etwas von mir gehört hatte. So wurde ich rumgereicht zwischen Journaille und Bullen. Das entpuppte sich allerdings als schwieriger, als es sich anhört. In dieser Woche entbrannte ein regelrechter Medienhype um mich. Pausenlos klingelte das Telefon in meinem Hotel, an der Rezeption lagen die neuesten Exemplare der Presse rum und ich konnte mich ohne Sonnenbrille nirgends mehr blicken lassen. Pausenlos starrten mich die Leute auf der Straße an.

Eines schönen Nachmittags, ich war gerade unterwegs von meiner Mutter zurück ins Hotel, als ich in die U-Bahn am Stephansplatz in der Wiener City einsteigen wollte: Plötzlich schrie mich eine typische Wiener Schickimicki-Tussi mit Pelzmantel und Pelzhaube an: „Du bist doch das Unterweger-Flittchen!" *Super hast das hingekriegt, du blöde Kuh!* Dann zu den anderen Passanten: „Seht her, das ist die Schlampe vom Unterweger!" *Puh, die war echt drauf!* Abschließend spuckte sie mir als letzte Draufgabe quasi ins Gesicht! Ich war fix und fertig. Konnte nicht reagieren. Gar nichts. Die brachte mich derart aus der Fassung, dass ich nicht mal einen meiner berühmten Wut-Schübe bekam! Ich zog den Kopf ein und verschwand schnellstens, da sich mittlerweile eine ganze Menschenmenge um mich herum gebildet hatte. Ich war am Boden zerstört und frustriert! *Verdammt, womit hab ich das verdient? Warum können sich die Leute nicht um ihren eigenen Scheiß kümmern? Wer gibt ihr das Recht, so mit mir zu sprechen? Übrigens, selber Schlampe!*

Da musste schnellstens etwas gegen meinen Frust unternommen werden! Dieses miese Weibsstück hatte mich doch glatt eiskalt erwischt! Leider regte sich mein Zorn etwas zu spät, sodass sich dies wieder mal nur auf meinen Geldbeutel auswirkte. Nach einigen Stunden ausgiebigen und leidenschaftlichen Shoppings war mein Ärger verraucht – und ich um einiges ärmer! *Verdammt, manchmal habe ich mich echt nicht unter Kontrolle!*

Die Interview-Woche mit der *Kronen Zeitung* verging wie im Flug. Pausenlos war ich mit Menschen zusammen, die an meinen Lippen hingen. *Und reden höre ich am liebsten mich selbst …*

In die Wohnung von Jack konnte ich noch immer nicht, weil die Polizei mit der Schnüfflerei noch nicht fertig war. Meine saubere Wäsche nahm proportional zu meiner Laune ab. Ich hatte in Jacks Wohnung doch so gut wie mein gesamtes Hab und Gut. Wie sollte das weitergehen? *Und da sag mir bitte einer, er würde ruhig bleiben!*

Die Woche neigte sich gen Ende und ich konnte nicht zu meiner Mutter zurück, denn dort war der Ärger schon vorprogrammiert. In die Wohnung ging auch nicht, weil die Polizei es seit über drei Wochen noch immer nicht geschafft hatte, alles zu sichten, was relevant sein könnte. Nun steckte ich echt im Schlamassel. Der Vertrag mit der *Kronen Zeitung* lief am Sonntag aus, das hieß für mich, spätestens am Montagmorgen das Hotel zu verlassen. Und das ohne Option auf eine Unterkunft. *Genial. Achtzehn und schon obdachlos!* Ich musste also schnellstens eine Lösung finden. Und ich wusste auch schon wie! Denn wenn ich etwas noch besser beherrschte als reden, dann wohl becircen. Ich hatte bei den Leuten von der *Kronen Zeitung* fast jeden Tag einen Fotografen dabei, der mich besuchte und immer ein offenes Ohr für mich hatte. Bei dem wollte ich mein Glück versuchen. *Frechheit siegt, meine Devise ...* Als er gegen Ende der Woche auf ein Frühstück im Hotel vorbei kam, erzählte ich ihm von meinen Sorgen. Entgegen meinen Erwartungen schmiss er sich für mich nicht sofort in die Bresche. Aber er konnte mir einen wertvollen Tipp geben. Ich sollte doch über meinen Anwalt bei der *Kronen Zeitung* anfragen, ob sie mir das Hotel nicht für eine weitere Woche bezahlen würden. Das war die Idee! Ich hatte doch einen Anwalt! Der sollte sich darum kümmern.

Nun musste ich mich nur noch mit der Polizei kurzschließen, denn die blockierten die Wohnung noch immer. Und da ich nicht in einer Woche erneut zur *Kronen Zeitung* betteln gehen wollte, hieß es das vorher abzuklären. Aber zu meiner völligen Überraschung verhielt es sich ganz anders. Die Herren der Kriminalabteilung, der Spurensicherung und der sonstigen Schaulustigen waren offensichtlich schon mit ihrer Arbeit fertig! *Nett, mal etwas Positives zu hören.* Ich brauchte mir lediglich den Schlüssel bei ihnen abzuholen und nebenbei ein paar Fragen zu beantworten. *Auch logisch, oder?* Nachdem ich aber mit meinen bisherigen kleinen Erfolgen recht zufrieden sein konnte, sah ich über die Einladung zu diesem Gespräch großzügig hinweg. Trotzdem machte ich mir so meine Gedanken darüber. Sie glaubten mir noch immer nicht wirklich. Oder sie hatten schon wieder etwas zu Ohren bekommen, was sie ihrer Meinung nach aus meinem Munde noch nie gehört hätten. Oder so!

Der nächste Schritt war der Anruf bei meinem Anwalt. Nachdem ich ihm von meinen Sorgen und Problemen erzählt hatte, versprach er mir, sich um die Angelegenheit zu kümmern. *Gut so!* Es dauerte nicht lange, da ereilte mich ein Rückruf aus seiner Kanzlei. „Liebe Frau Mrak, ich habe soeben einen Anruf von meinem geschätzten Kollegen Dr. Doran von der *Kronen Zeitung* erhalten, in dem er mir bestätigt hat, dass man Ihnen eine weitere Woche Hotelaufenthalt bezahlt." *Gut gemacht!* Also war die Unterkunftsfrage vorerst geklärt. Derart beruhigt wartete ich nur mehr das Ende der Serie in der *Kronen Zeitung* ab, welches für Sonntag angesetzt war.

Und an eben jenem heiligen Sonntag traf mich der Blitz aus heiterem Himmel! Ich marschierte gegen Mittag zur nächsten Selbstbedienungstasche und entnahm dort ein Exemplar der *Kronen Zeitung.* Fast schon lebensgroß grinste ich mir mit richtig verschlagenem Blick vom Cover entgegen. *Na, da haben die Herrschaften aber nicht das allerbeste Foto von mir ausgewählt.* Ändern konnte ich es jetzt auch nicht mehr, also verschwand ich wieder im Hotelzimmer und führte mir das frisch besorgte Exemplar meiner *Kronen Zeitung* zu Gemüte. Na, wenigstens war die Serie zu Ende. Und ich konnte endlich wieder ein nor-

Neue Kronen Zeitung (4.3.1992)

males Leben führen, ohne dass mich die Leute so penetrant anstarrten in der freien Wildbahn. Glaubte ich zumindest.

Am folgenden Montag erreichte mich ein völlig aufgelöster Dr. Hammer, Jacks Advokat! „Liebes Fräulein Mrak!" *Fräulein, wenn ich Fräulein schon hör! Da rollen sich bei mir die Zehennägel auf!* „Lieber Herr Anwalt?" – „Ich erreiche Sie seit einer Woche nicht! Der Herr Unterweger ruft mich ständig aus Miami an und möchte endlich auch mit Ihnen telefonieren!" – „Was soll ich jetzt tun? Wie Sie wissen, hatte ich diese Woche wenig Zeit! Also wann soll ich bei Ihnen sein?" – „So schnell wie möglich!" *Logisch! Da pfeift wer und ich soll wieder springen! Das fängt beim Jack an, geht über die Journaille und hört bei der Polizei auf.*

Kaum in der Kanzlei, empfing mich der umtriebige Dr. Hammer ganz überschwänglich. Er begann eine Litanei über Jacks psychische Verfassung, seine Strategien und meine Verfehlungen in den Medien und vor allem bei der Polizei. *Jedem kann man es offensichtlich nicht recht machen.* Plötzlich klingelte das Telefon, was mich vor weiteren Vorwürfen vorerst verschonte. Das war wohl das erste und letzte Mal in meinem Leben, dass ich mich über Jacks Anruf freute.

Kaum dass mich der Herr Anwalt aus seiner Predigt entlassen hatte, begann Jack mit seiner! Mit weinerlicher Stimme fing er an: „Schatzi, wo treibst du dich herum? Ich habe hier niemanden zum Reden, du bist nicht erreichbar! Was soll ich mir da denken?" *Was bildet der sich eigentlich ein? Ich mime die traurige Geliebte, halte sämtliche Details wie Iris und deren Killerpilze zurück und dann so was!* „Was glaubst du wohl, was ich mache? Zum Rumvögeln fehlt mir im Moment jegliche Lust! Schreib Tagebuch, wie du es bisher auch getan hast!" Dr. Hammer schnappte hörbar nach Luft. *So kann man doch mit einem Herrn Unterweger nicht reden! Doch, allerdings, ich kann!* Mir fehlte jetzt jeder Sinn für Humor. Das begriff er trotz tausenden von Kilometern an Entfernung! Kleiner Rückzug von Jack: „Das war ja nicht als Vorwurf gemeint! Ich mach mir halt auch nur Sorgen um dich!" *Und das aus seinem Munde!* Nachdem wir das Gespräch recht schnell beendet hatten, ließ auch Dr. Hammer nicht locker. *Was zu viel ist, ist zu viel! Keine Diskussionen mehr! Gut, bin in Zukunft eben in der Wohnung erreichbar.* Zudem überreichte er mir den Wohnungsschlüssel zu Jacks Domizil. *Na endlich!* Nachdem ich mich beim Anwalt quasi bereit erklärt hatte, in Zukunft die Telefonseelsorge für Jack Unterweger zu übernehmen, entließ er mich wohlwollend in die Freiheit.

In der Wohnung bot sich mir ein wahrlich chaotischer Zustand. Alles, einfach alles war nicht mehr an dem Platz, an dem wir es hinterlassen hatten! All seine Akten und Briefe, Papiere und Dokumente lagen am Boden verstreut, die Ordner teilweise beschädigt. Im Schlafzimmer befand sich am Bett ein Haufen Klamotten, offensichtlich die Kleidungsstücke, die nicht für verwertbare Spuren beschlagnahmt worden waren. Das war aber nur ein kleiner Teil dessen, was Jack besaß. Die Toilette war verdreckt und angepinkelt. *Schau, schau! Die Herren Beamten sind also kleine Ferkel!* Nachdem ich die Lage ausreichend gesichtet hatte, fuhr ich wieder ins Hotel und lebte dort meine restliche Woche ab. Zwischendurch ging ich immer wieder in die Wohnung und hörte den Anrufbeantworter ab, räumte ein wenig zusammen und machte allmählich wieder Ordnung.

Als ich dann wieder fix in Jacks Wohnung zog, ging auch schon der transatlantische Telefonterror los. *Ich weiß nicht, aber darf jeder Gefangene neuerdings zu jeder Tages- und Nachtzeit telefonieren?* Da stand mir ja eine gute Zeit bevor! Die Kombination von fernmündlichen Möglichkeiten und Jacks schwinden-

dem Einfluss auf mein Leben gepaart mit einem Schuss Kontrollwahn seinerseits – das gab eine explosive Mischung!

Der Ärger war also vorprogrammiert. Jeden Tag verlangte
er von mir, dass ich mich an bestimmte Uhrzeiten halten solle,
um seinen Anruf entgegenzunehmen. *Was zum Henker glaubt er
eigentlich?* In Wien war die Hölle los, die Zeitungen schrieben,
was sie wollten, und das Fernsehen lauerte vor der Tür. Und damit nicht genug, es riefen permanent irgendwelche Tussis an, die
behaupteten, seine Ex zu sein, ab und an klingelte gleich eine an
der Gegensprechanlage, und ich sollte ruhig bleiben und ja nicht
gereizt sein.

„Schatzi!" *Jetzt also bin ich wieder das Schatzi!* „Ich brauche Geld, du hast doch das Interview mit der Krone gemacht?",
fragte er mich lauernd. „Ja, was ist damit?" Ich wusste bereits,
worauf dieses Gespräch wieder hinauslaufen würde. „Wie viel
hast du dafür kassiert?" Knappe Antwort meinerseits: „Achtzehntausend Euro." – „Na, dann ist es doch kein Problem für
dich, wenn du einen Teil dem Dr. Hammer gibst. Dann könnte ich dich viel öfter anrufen!" *Na, falls das als Motivation gedacht ist, ist sie gnadenlos in die Hose gegangen!* Es war mir fast
schon ein Vergnügen: „Tut mir leid, mein Schatz. Das kann ich
nicht. Meine Mutter hat das Geld bis zu meinem neunzehnten
Geburtstag auf ein Treuhandkonto legen lassen und gesperrt!"
– „Das kann sie doch nicht machen! Da musst du sofort was dagegen unternehmen! Am besten du sprichst gleich morgen mit
Herrn Dr. Hammer! Was bildet sie sich eigentlich ein?" Nun, das
ging dann allerdings entschieden zu weit. „Sperr deine Lauscher
mal ganz weit auf! Du sprichst von meiner Mutter! Das hat sie
gemacht, damit sie mich vor unüberlegten Ausgaben schützt!"
Und unter anderem auch vor dir! Er hingegen gab wie immer
nicht auf: „Ich brauche Geld! Was denkst du dir dabei? Ich fres-
se hier tagein tagaus denselben Häfnfraß, alle anderen können

sich Snickers und Mars leisten! Warum hast du kein Verständnis für mich?" *Gut, verdammt noch mal, gut.* „Okay, ich gebe dem Hammer Geld! Zufrieden?" – „Sieh doch ein, mir geht es eh so schlecht!" *Noch mehr auf die Tränendrüse gedrückt ...*

An medialen „Auftrittsmöglichkeiten" mangelte es bei weitem nicht, sodass Jacks Wunsch bald in Erfüllung ging. Ich machte den Mund auf, sobald mir jemand ein passables finanzielles Angebot unterbreitete.

Eines schönen Tages läutete das Telefon. Schon wieder Jack, dachte ich noch, der was will, was braucht oder sich wieder etwas zusammen spinnt ... „Hallo, du musst die Bianca sein?!" *Freundlich, wie meistens.* „Wer will das wissen?" Und so lernte ich wieder mal eine Freundin von Jack kennen, die wie immer selbstverständlich nichts mit ihm gehabt hatte!

Margot Fuchs war eine Frau, die in den besten Jahren stand, beziehungsweise sie schon knapp hinter sich hatte. Sie kam aus einer reichen Wiener Unternehmerfamilie, eindeutig das schwarze Schaf der Familie, wie ich halt. Sie hatte einen nicht zu verkennenden Hang zum Milieu sowie zu den dazugehörigen finsteren Typen, so wie ich halt. Den Lebensunterhalt verdiente sie sich als Herausgeberin eines Wiener Szenemagazins. Und zu eben diesem gehörte in regelmäßigen Abständen auch ein so genannter *Nightlife-Führer*, in Wahrheit ein Sex- und Puff-Guide für Wien. Zu Margots Aufgabengebiet gehörten dadurch natürlich auch ein gewisser Kontakt und dessen Pflege zu den „Kunden". In diesem Fall allerdings zu den Strizzis von Wien, die zu Kunden wurden.

Margot wurde mir mit der Zeit immer sympathischer, sie hatte schräge Ansichten, ließ sich von ihren Eltern herzlich wenig sagen und pflegte ein Verhältnis zu einem Wirtschaftsverbrecher, der zu diesem Zeitpunkt im Münchener Häfn Stadelheim weilte. Sie fuhr in mehr oder minder regelmäßigen Abständen nach München, um ihrem Schatzi seelischen Beistand zu leisten.

Nachdem ich mit Margot eine recht intensive Freundschaft pflegte, kam es ab und an schon mal vor, dass sie mich in die Halbwelt mitnahm. Ich lernte die Wiener Puffs von innen kennen, die dazugehörigen Nutten sowie die Zuhälter und die feinen Herren, die zur Kundschaft zählten. Insgesamt eine recht lehrreiche Zeit, die mir in jeglicher Hinsicht die Augen öffnete. Ich war oft nächtelang unterwegs, um mit Margot die „Geschäftsbesprechungen" in diversen Freudenhäusern zu absolvieren. Die Nächte vergingen wie im Flug und die Tage noch schneller. Ich fühlte mich wie in einem Strudel der Ereignisse. Ich konnte mich nicht wehren, geschweige denn umkehren.

Die Tage verbrachte ich unter anderem mit dem Lesen von Jacks Briefen, die immer mehr um zwei zentrale Themen kreisten. Zum einen um seine Unschuld und seine Strategie, diese zu beweisen. Zum anderen was ich denn alles so treiben würde, ohne die hemmende Aussicht, von ihm kontrolliert zu werden.

Den kleinen Rest meiner Zeit verbrachte ich mit der Job- oder Wohnungssuche, was sich als sehr schwierig herausstellte, und der Beantwortung von Jacks Telefonaten, die auch immer um das ewig Gleiche zu kreisen. War von meiner Zeit noch etwas übrig, widmete ich sie der Journaille, was wiederum gut für meinen Geldbeutel war. Denn die Frustkäufe nahmen trotz meiner guten Vorsätze nicht ab! Und schließlich galt es noch, Herrn Unterweger finanziell bei Laune zu halten. Da ich es schnell heraußen hatte, den Mund nur gegen Bares aufzumachen, war Jack in dieser Hinsicht bald befriedigt. Nur wäre er nicht Jack Unterweger gewesen, hätte er nicht schon wieder ein neues Problem parat gehabt, um das es sich zu kümmern galt.

Er hatte seit neuestem „Liebeskummer" der feineren Art! Unbedingt sehen wollte er mich. Ganz dringend. „Ich bin in Wien, ich kann nicht von heute auf morgen wieder mal nach Miami abhauen, um dich zu besuchen! Oder wie stellst du dir das vor", fragte ich bei einer unserer Diskussionen. „Du kannst doch einfach einen Flug buchen und dann bei einem Anwalt, der da in Miami lebt, wohnen. Das würde dich gar nicht viel kosten!" Offensichtlich zufrieden mit seiner Vorausplanung, konnte ich ihn samt seinem siegessicheren Grinsen in seiner Visage direkt vor meinem inneren Auge sehen. Ich wollte nicht verplant werden! Wütend entgegnete ich ihm, dass ich mir vorerst doch wohl lieber einen Job und eine Wohnung suchen wollte. Nichts davon ließ er gelten!

Nach einigen Tagen und Gesprächen mit Margot kam sie auf die glorreiche Idee, ihren „Lebensgefährten" zu besuchen, was angesichts der Tatsache, dass er sich im Zwangsurlaub befand, mir dann doch wohl ein wenig zu übertrieben vorkam. Sie überredete mich, im Mai nach Miami zu fliegen. Und wir würden den Tag zuvor in München verbringen. Und bei dieser überaus günstigen Gelegenheit könnte sie mir doch gleich einen ihrer zahlreichen Münchener Freunde vorstellen. Hörte sich doch spannend an! Wir besorgten gemeinsam das Ticket und waren froher Dinge. Jack nervte mich nicht mehr mit irgendwelchen Anwandlungen, von denen er in letzter Zeit immer häufiger welche bekam. So waren wir alle zufrieden. Eine Zeit lang zumindest …

Inzwischen war der Kontakt zu meiner Mutter wieder aufgeflammt, aber wir redeten das Notwendigste und Unverfänglichste. Irgendwann brach ich dieses ungeschriebene Gesetz des Schweigens zwischen uns, indem ich sie fragte: „Was sagst denn du dazu, wenn ich den Jack in Miami im Gefängnis besuchen würde?" Zeter und Mordio! Ich konnte das meiste von dem, was sie mir in den folgenden endlosen Minuten alles sagte, erfolgreich verdrängen und rief statt dessen eine bekannte Journalistin vom *Kurier* an und verkaufte die Geschichte.

Die Tage bis zu meiner Abreise wurden immer weniger und Jack immer geiler. Er hätte sich angeblich bereits erkundigt, um mit mir in ein Separee gehen zu können. Das war dann für meinen Geschmack doch wieder ein wenig zu viel. „Ich gedenke nicht im Traum daran, mit dir im Häfn von Miami eine Nummer zu schieben! Das kannst du dir aus deinem notgeilen Hirn rausschlagen!" *Hat der in seiner Situation nix anderes im Schädel als Vögeln? Ich kann es nicht fassen! Das hat mir noch niemand erklärt!* Nach diesem 1 : 0 für mich freute ich mich auf München. Ich packte das Gepäck für Miami, putzte die Wohnung durch und verließ Wien mit Handgepäck in Richtung Deutschland.

Auf der Fahrt nach Salzburg berichtete mir Margot alles, was es ihrer Meinung nach zu wissen galt. Über ihr Verhältnis zu ihrem „Lebensgefährten", den Freund von ihr, den sie mir vorstellen wollte, und die „Gepflogenheiten" der Münchner Schickimickis, die sich nicht so sehr von denen der Wiener unterschieden, aber bitte. *Nachhilfe kann nie schaden.* Inzwischen war ich allerdings viel neugieriger auf den Typen, mit dem ich angeblich den Tag verbringen sollte. *Was pfeif ich mich um die Münchener Schickimickis?! De san a net besser als de Wiener Bazis!*

Wir hatten einen Treffpunkt vor dem Stadelheimer Häfn ausgemacht, wo er bereits wartete. Ein großer Typ mit Haaren bis zur Hüfte in Jeans mit Cowboyboots und Lederjacke. Seine Ray Ban-Pilotenbrillen verdeckten nicht seinen abschätzenden Blick in meine Richtung. Angelehnt an ein britisch-racing greenfarbenes Jaguar-Cabrio bedachte er mich mit einem süffisanten Lächeln und wandte sich sofort Margot zu. *Bussi Bussi!!! Wäh, wie in Wien!* „Was hast du mir denn da für ein Ei mitgebracht?", hörte ich ihn noch sagen, bevor meine Meinung über diesen bayrischen Arsch endgültig feststand. Bla bla bla, kurzes Bekanntmachen, bevor Margot mich mit Paul Stache, so stellte er sich vor, allein ließ. Jetzt begriff ich wenigstens den Sinn und Zweck des Vortrags über die Münchener Schickimicki-Szene von vorhin!

Kaum allein, beäugte mich dieser Parademacho ganz ungeniert und lud mich zu einer Spritztour durch München ein. *Na fein, dann eben Spritztour in deinem Schlitten, ganz wie du willst.* Margot hatte Paul natürlich über mein Verhältnis zu Jack Unterweger aufgeklärt. Das stellte sich binnen kürzester Zeit heraus. Und da das damals europaweit Thema war, interessierte ihn der Fall natürlich auch ganz außerordentlich und besonders. Zusätzlich zu seiner Neugier, die hauptsächlich Jack betraf, konnte Paul es nicht lassen, zweideutige Sprüche zu klopfen. Und da ihm mit Ignoranz nicht beizukommen war, denn dann wurde er noch penetranter, stieg ich bald darauf ein. Und so verging der Nachmittag bei flotten Sprüchen und heißen Cappuccinos recht schnell.

Wie sich aber inzwischen herausstellte, war Paul nicht nur Antiquitätenhändler, wie er vorerst angegeben hatte, sondern auch bereits vorbestrafter Drogendealer. *Eins und eins macht zwei ... Die Münchner Schickis lassen's anscheinend auch mal im Hochsommer schneien, ganz wie in Wien also!* Und da der Nachmittag, völlig entgegen meiner Erwartung, recht amüsant und vor allem aber zweideutig wurde, landeten wir in seiner Wohnung. *Auch klar!* Das Apartment war stilvoll eingerichtet, aber eines irritierte mich dann doch ein wenig: Vom Esstisch aus hatte man einen freien Blick ins Schlafzimmer – auf ein monströses Bett mit gigantischen Ausmaßen. Die Wand darüber zierte ein pornografisches Gemälde in Lebensgröße. *Sodom und Gomorrha lassen grüßen!*

Inzwischen wusste Paul auch von meinem neuerlichen Trip

nach Miami am nächsten Tag. Doch anstatt mit mir das zu vollführen, was da so eindrucksvoll an die Wand gepinselt war – und wofür wir eigentlich auch in die Wohnung gefahren waren –, wollte er um alles auf der Welt mit nach Miami. *Um Himmels Willen, bloß das nicht!* So schön hatte sich Paul das schon ausgedacht. *Schon wieder jemand, der mich verplant!* Zugegeben, ich hätte nach all dem Ärger mit Jack, der Polizei und den Medien wirklich mal wieder eine Schulter zum Anlehnen gebraucht. *Oder was anderes zu was ganz anderem oder so ähnlich.* Aber das konnte ich Jack dann doch nicht antun. Ich würde das an seiner Stelle auch als ziemlich geschmacklos empfinden. Also redete ich das Paul ganz schnell wieder aus. Doch für sämtliche anderen Aktivitäten war es mittlerweile zu spät. Margot würde jede Minute anklingeln. *Sauber, richtig nett hätte es werden können* … Denn so sehr mir Paul anfangs auch unsympathisch war, änderte dieser Nachmittag meine Meinung. Paul war ein furchtbar frecher Typ, der aussprach, was er sich dachte und grundsätzlich auf alle Konventionen pfiff! *Und so was schätze ich nach wie vor an Männern. Ich halte nichts von Sesselpupsern und Schlipsträgern. Ein wenig Verwegenheit hat noch keinem Mann geschadet.* Und genau diese Voraussetzungen erfüllte Paul mit Bravour. Manchmal gar zu viel des Guten, aber auch egal.

Margot war inzwischen eingetroffen und befand sich in äußerst heikler Stimmung. Dem „Lebensgefährten" ginge es ja so schlecht. Kaum, dass er sich auf seinen beiden schwachen Beinen aufrecht halten könne, so sehr sei sein Ego angeschlagen! Als ich mir diesen Schwachsinn nicht mehr länger anhören konnte, ergriff Margot vor mir wieder das Wort und überraschte mich mit folgender Aussage: „Was glaubt der denn eigentlich, wie's mir geht? Ich hab Schwierigkeiten mit meiner Familie wegen ihm! Ich schlafe schlecht und hab Sehnsucht und Herzschmerz vom Feinsten! Und dann besitzt dieser Fatzke doch die Frechheit und will sich von mir psychisch aufbauen lassen. Die Absolution will er sich holen! Der hat sich geschnitten – hat er mich gefragt, ob er das drehen soll, wofür er jetzt sitzt? Nein, hat er nicht, aber jetzt zur Mama laufen und heulen! Mir reicht's!" Und in meine Richtung: „Wir fahren!" *Jawohl, Chefin!* Das mit ihrer Familie konnte ich mir bildlich vorstellen! Margots Vater, ein Sir der alten Schule, flößte mir bei einem kurzen Kennenlernen solch einen Respekt ein, dass es mein Mathe- und Darstellende Geometrie-Professor am Gymnasium nicht hätte besser machen können. *Und ich dachte mal, über den geht nix drüber, ha!* Mein Autoritätsproblem war damals in den fünf Minuten mit Margots Vater echt wie weggeblasen! *Sollen sie doch froh sein, dass Margot nicht mit einem Jack Unterweger des Weges kommt!*

Die Fahrt nach Wien zog sich endlos lange. Immer wieder versanken Margot und ich in Gedanken. Sie war wohl bei ihrem Schatzi in München, ich immer noch beim Gemälde … Mir ging der Gedanke nicht aus dem Kopf, wie es gewesen wäre, zu zweit nach Miami zu fliegen … *Schluss, aus, basta.* Ich musste fit für den nächsten Tag sein. Um neun Uhr vormittags ging mein Flug. Für acht Uhr war ich am Flughafen mit einer Journalistin vom *Kurier* verabredet. Ich fand, ich konnte diese Geschichte genauso gut dem *Kurier* verkaufen und kassieren, sie würden ohnehin schreiben, dass ich wieder in Miami war. Also gleich noch ein wenig Taschengeld verdient. Still und heimlich hoffte ich auch, dass meine Mutter von meiner Reise nach Miami aus der Zeitung erfahren würde, sodass der Ärger bis ich wieder zu Hause war schon verflogen war. Zu meiner Überraschung erfüllte sich dieser fromme Wunsch nicht wirklich …

Wir machten vor dem Flugschalter mit der Aufschrift Miami noch schnell einige Fotos, und schon saß ich in der Maschine nach dorthin. *Miami, die Zweite.*

Am Flughafen in Miami traf mich wie bereits drei Monate zuvor der meteorologische Umschwung. Heiß und salzig roch die Luft, die Eindrücke, die ich gewann, waren sehr intensiv und markant. Ein mittelalterlicher Herr mit Hornbrille erwartete mich schon, als ich die Empfangshalle des Airports betrat. Offensichtlich Jacks Vertrauensperson hier in Miami. Der Mann war Anwalt, der ihm kleine Gefälligkeiten arrangierte und für ein wenig Komfort sorgte, ihm Zeitungen und kleine Naschereien besorgte. Jack, wie er leibt und lebt, dachte ich mir damals. *Auch diesen armen Kerl hat er also schon eingewickelt.*

Der Anwalt stellte sich mir als Billy Donahue vor. Er bewohnte gleich neben einem Flughafen ein kleines Haus mit Garten. Kein Swimmingpool. Die Gegend war nicht die allerbeste, aber ich hatte auch schon Schlimmeres gesehen. Kaum dass mir Billy mein Zimmer gezeigt hatte, läutete auch schon das Telefon. Jack. *Logisch, er will doch keine Sekunde verlieren.* „Schatzi, so schön, dass du da bist!" *Lieber wär ich in München! Aber es muss offensichtlich Miami sein!*

Nachdem sich der Jetlag das geholt hatte, was er brauchte, machte ich mich am nächsten Tag auf den Weg ins *Miami Correctional Center*, kurz MCC. Ausgestattet mit einem Straßenplan und einem Plan für die Busgesellschaft, führte mich mein Weg vorbei am Zoo von Miami. Den wollte ich unbedingt besuchen, später dann. Zeit hatte ich genügend, wollte ich doch die nächsten vierzehn Tage hier verbringen.

Ich erreichte das MCC am späten Vormittag und kam aus dem Staunen nicht heraus. *Das gleicht eher einem Magic Life All Inclusive Club als einem Hochsicherheitsgefängnis! Wobei ich jetzt keinesfalls Magic Life als Reiseveranstalter beleidigen möchte!* Weitläufiges Areal, mitten im Palmenwald. Großes „Freigehege", denn so kam es mir vor. Wie in einem Zirkus der Raubkatzenkäfig mit seinem Gittergang für die Großkatzen, genauso sah dieses Gefängnis aus. Schlichtes einstöckiges Empfangsgebäude, dahinter eine Fläche so groß wie ein Fußballfeld zum Spazieren, Trainieren und Ballspielen für die Gefangenen.

Nachdem die Sicherheitskräfte die Besucher durchsucht hatten, durften wir uns in Gang setzen. Der Tross von vielleicht dreißig Leuten setzte sich langsam in Bewegung, bis die Sicherheitskräfte ganz in US-Army-Manier lauthals auf uns einschrien, dass wir still zu stehen hatten. *No na, vor uns ist ja Sackgasse.* Dicke Eisengitterstäbe versperrten uns den Weg. Kein Mensch bewegte auch nur einen Finger! Richtig Furcht einflößend! Hinter uns fiel eine Gitterschranke aus der Decke in den Boden. Dann erst ging die vor uns auf. *Aha, wie in Raumschiff Enterprise, eine Luke öffnet sich erst, wenn die, die man passiert hat, bereits wieder verschlossen ist.* Anschließend lotste man uns unter weiterem Gebrüll durch einen Gittertunnel, der das „Freizeitgelände" der Häftlinge durchquerte. Man hätte die Männer, die

allesamt in orangefarbenen Overalls rumliefen, durch das Gitter hindurch berühren können. Ich achtete nur darauf, schön in der Mitte des Tunnels zu bleiben. *Vordenken ist besser als nachdenken!* Nachdem wir das Hauptgebäude erreicht hatten, entließ man uns Besucher in eine Art Turnhalle, die mit unzähligen kleinen Tischen samt dazugehörigen kleinen Stühlen vollgestopft war. *Wie im Kindergarten. Süß, überall abgerundete Kanten ...* Vereinzelt saßen Grüppchen von Leuten da. Jeweils ein Orangebekleideter pro Tisch und Grüppchen. Die Gefangenen saßen mitten unter den Besuchern, hielten Hand mit ihren Frauen und Kindern, plauderten ganz so, als säßen sie bei Kaffee und Kuchen! *Ist das normal?*

An zwei Seiten des Raumes befanden sich einige Telefonapparate und mehrere Getränke-, Kaffee- und Snack-Automaten. Eine Seite war belegt durch die Aufsichtszentrale der Wächter, die durch panzersicheres Glas geschützt wurde. Die letzte Seite war mit kleinen Büros verbaut – mit versperrbaren Türen.

Das waren also die berühmten Separees, die Jacks Fantasie so genährt hatten. Mir wurde ganz schlecht. *Jack erwartet also allen Ernstes von mir, quasi vor mindestens fünfzig Schwerverbrechern in orangefarbenen Overalls sowie deren mindestens hundertfünfzig Personen zählendem Anhang zu vögeln … Sauber!* Ich setzte mich an einen Tisch und wartete geduldig. Es vergingen wohl zehn Minuten, bevor sich ein großes Tor öffnete, das ich zuvor noch gar nicht bemerkt hatte. Eskortiert von zahlreichen bis an die Zähne bewaffneten Wärtern schlurften die Gefangenen Richtung Besuchssaal. Die Männer hatten allesamt eine ziemlich beeindruckende Gestalt, denn offensichtlich gab es niemanden, der kleiner war als Jack. *Gut, auch kein Kunststück. Noch kleiner wär ja direkt eine Gemeinheit gewesen …* Und alle hatten sie so ziemlich das Doppelte von Jacks Gewicht. Trainieren, trainieren und trainieren, das ist der gesamte Tagesinhalt eines Häftlings in den USA, so schien es mir. Jack ging in der Masse der Leiber richtig unter.

Als er mich sah, begann er augenblicklich mit seinem nicht vorhandenen Englisch auf den nächsten Wärter einzureden, dass doch „mei wuman hier is, schi is coming direkt from Wien, Austria. Schi has coming for visiting mi!" Was den aber herzlich wenig interessierte. Er schickte mir hunderte Kussmundis, die ich übrigens ebenso beharrlich ignorierte, wie Jack sich peinlich aufführte. Also gnadenlos! *Danke, danke, danke, dass ich diesen Besuch nicht in einem Wiener Häfn zu absolvieren habe. Ich werde mich glatt weigern, wenn das so weitergeht!* Nach einer Weile der Ignoranz meinerseits erbarmte sich ein Wärter und nahm Jack endlich die Hand- und Fußschellen ab. So schnell hatte ich ihn das letzte Mal bei der Verhaftung flüchten sehen – stand er schon vor mir. Er wollte mir sichtlich um den Hals fallen, als ihn ganz und gar nicht unabsichtlich eine große Gummiwurst am

Arm berührte beziehungsweise ihn an der weiteren beabsichtigten Bewegung hinderte. Ein Wärter mit grimmigem Gesichtausdruck! „Don't touch this lady!" *Wird auch Zeit, dass man Jack ein paar Benimmregeln beibringt! Genau!* Dafür hieß es jetzt: Setzen! Jack schenkte mir einen seiner besonders blöden Grinser und verschwand mit der rechten Hand im Hosenschlitz seines – ebenfalls – orangefarbenen Overalls. Zuerst fummelte er einen kurzen gelben Faden hervor. Er zog und zog und der Faden wurde länger und länger. In gleichem Maße wurde Jacks Gesichtsausdruck immer dämlicher! Ich war kurz davor, ihm eine reinzuhauen, als er triumphierend ein Bündel schwarzer Fäden hervorzog und es mir sofort in die Hand drückte. Ich griff nur zu und hoffte, es wäre nicht das, wofür ich es hielt. *Ich weiß nicht genau, wofür ich es halten soll, aber ich habe ziemlich genaue Vorstellungen von dem, wofür ich es ganz sicher nicht halten will!* Aber es kam noch schlimmer! Jack beugte sich über den Tisch zu mir herüber und sprach mit verschwörerischer Stimme: „Ich hab dir als Andenken ein paar Schamhaare von meinem Luststengel gepflückt ..."

Augenblicklich ließ ich das Ekel erregende Paket in meiner Hand fallen. *Was denkt sich ein Mensch bei so was?* Offensichtlich sah ich aus, als wäre ich eine Kuh beim Yoga-Unterricht, als er fort fuhr: „So bin ich immer bei dir. Das kannst du in der Brieftasche bei dir tragen!" *Nein, ich will das ganz bestimmt nicht in der Brieftasche bei mir tragen!* „Lieber Jack, ich nehm das Schamhaarpackerl gern mit, aber in meine Brieftasche kommt es mir ganz sicher nicht!" Damit war dieses Thema für mich erledigt, den psychischen Teil und den viel größeren der anschließenden Verdrängung hatte ich noch vor mir. *Da brauch ich sicher eine Therapie, da hilft alles nix!* Fortan jammerte er mir vor, wie schlecht es ihm ginge. Wie öde der Häfn-Alltag nicht sei und wie gemein ihn die anderen Häftlinge nicht alle behandelten. *Ich*

habe es so satt! *Sitze da mitten in Miami, habe mit meinen acht-*
zehn Jahren nichts Besseres zu tun, als mich mit einem Möchte-
gern-Poeten einzulassen, der obendrein noch ein Frauenmörder
ist! In diesem Moment beschloss ich das erste Mal, mein Leben
zu ändern.

Die Tage in Miami vergingen wie im Flug. Jack verlangte so ziemlich jeden zweiten Tag einen Besuch, die andere Zeit
fühlte sich der US-Advokat bemüßigt mit mir zu verbringen. *So*
hab ich mir das aber nicht vorgestellt, meine Herrschaften! Und
daher kam es eines schönen Tages, dass ich in der Früh das Haus
des Anwalts verließ, ohne zu sagen, was ich genau vorhatte. *Ge-*
nau so muss es sein, pfeif auf diese ewige Kontrolle! Denn, dass
Billy seine Zeit freiwillig mit mir verbringen wollte, konnte ich
langsam nicht mehr glauben. Sicher hatte ihn Jack darauf angesetzt! Und natürlich erzählte Billy alles gleich brühwarm weiter.
So nicht, mein Lieber! Ab an den Strand und baden, Gedanken
Gedanken sein lassen und mal richtig ausspannen. Denn Jack
hat Miami ja schon genügend besichtigt, als er auf der Flucht
und ich Hintern schwingend im Striptease-Laden darben musste!
Jetzt war meine Zeit gekommen, so nahm ich es mir zumindest
mal vor.

Am Strand breitete ich mich mal ordentlich aus, bevor ich
mich in die atlantischen Fluten schmiss. Das Wasser war ein Gedicht, zwar ein wenig zu kühl, doch was sollte ich bitte in einer
lauwarmen Brühe à la Caorle oder Bibione? *Nein danke, dann*
doch lieber den kühlen Atlantik vor meiner Nase und Miami im
Rücken.

Zurück bei meinem Handtuch, entwickelte ich einen plötz-
lichen Heißhunger auf Eis. „So muss sich das anfühlen, wenn
man schwanger ist", dachte ich noch leicht amüsiert, während
ich nach meinem Portemonnaie griff. Seltsamerweise ging der

Griff ins Leere. Ich griff und griff und fühlte und fühlte, als in mir blitzartig ein Verdacht keimte. Da hat mir doch glatt so ein kleiner Straßenganove meinen Strandbeutel ausgeräumt! Sauer, dass mein Eis erst mal gestrichen war, fluchte ich lauthals auf alle Amis! *Was ist denn das für ein verkommenes Volk, das seine Touristen beklaut? Verdammt!* Dann kam mir schon der nächste Gedanke. Wie zum Teufel sollte ich nach Hause kommen? Wer schon mal in den USA geweilt hat, der weiß, dass man dort für den öffentlichen Verkehr zu bezahlen hat. Und das in jeglicher Hinsicht. Zum einen darf man einen Bus nicht betreten, wenn man keine eineinhalb Dollar bei sich hat, zum anderen wissen wir ja alle über diverse schwachsinnige Gesetze in den USA Bescheid *(Oralverkehr in der Ehe bei Strafe verboten und solche Unsinnigkeiten! Wer will mich denn bitte anzeigen, wenn ich meinem Mann einen ..., er vielleicht? Niemals!)* Jetzt galt es erst mal kühlen Kopf zu bewahren und zu sehen, wie ich nach Hause kommen sollte. *So ein Mist! Und das ausgerechnet mir!* Ich wanderte mit bekümmerter Miene zum Strandeisverkäufer, den ich bereits vom Sehen her kannte. Ich klagte ihm mein Unglück und fragte ihn, ob es denn einen Sinn hätte, eine Anzeige zu erstatten. Der Eiströdler schmunzelte mich entwaffnend an und reichte mir eine Eistüte und eineinhalb Dollar! *Aber hallo! Es gibt ja doch noch nette Menschen, die zu Selbstlosigkeit neigen, kaum zu glaube*n. Beschämt von seiner Güte, bedankte ich mich einige Male und schlich zurück zu meinem Handtuch. So hatte ich das nicht geplant gehabt, mit so viel Menschlichkeit hatte ich nicht gerechnet. Ich war perplex und fast traurig. Kaum zu fassen, dass Güte und Verbrechen so eng miteinander verwoben sein konnten. Durch eine schlechte Erfahrung habe ich wiederum eine gute gemacht ...

Als ich endlich wieder daheim war, fragte mich Billy schon ganz aufgeregt, was ich denn so den ganzen Tag getrieben hätte.

Wenn es nicht Billys Stimme gewesen wäre, ich hätte schwören können, ich säße vor Jack auf der Anklagebank! Nachdem wir das einigermaßen abgehandelt hatten, erzählte mir Billy, dass Jack in den kommenden Tagen eine Anhörung vor Gericht zu absolvieren hatte. Ich sollte mir das wohl ansehen und anhören, so zumindest der Plan von Jack und Billy. *Mach ich doch glatt!*

Der Gerichtstermin fand am letzten Tag meines Aufenthalts statt. Billy und ich fuhren in der Früh nach Miami Downtown zum Gerichtsgebäude. Dort hieß es aber erst einmal warten. Ich vertrieb mir die Zeit mit dem Beobachten der anwesenden Personen. *Komisch, warum laufen die weiblichen Gerichtsangestellten bei dreißig Grad Hitze in Strumpfhosen herum? Ich hab bereits im Bikini geschwitzt, und das obwohl ich jede unnötige Bewegung vermieden habe ... Die Amis spinnen wirklich!* Neugierig befragte ich Billy, warum das denn so sei. Angeblich ist es in amerikanischen Ämtern Pflicht, bei jedem Wetter Strumpfhosen zu tragen. *Aha.* Gegen Mittag kam endlich Jacks Fall an die Reihe. Worum es in dieser Anhörung ging, konnte ich nie herausfinden. Ich hatte mir die Show etwa eine halbe Stunde angesehen, als mich ein Mann nach draußen bat. Das war schon wieder so ein Hüne, und ich kannte den schon von irgendwoher. „Sie sind die Freundin von Jack Unterweger?", fragte er so ganz ohne Umschweife. „Und wer will das wissen?", konterte ich sofort, ehe mir ein Licht aufging. *Das ist doch der Typ, der mich verhaftet hat! Derselbe Typ, der mich mit den Handschellen so malträtiert hat. Na, dem zeig ich es jetzt aber!*

Bloß soweit kam ich erst gar nicht. „Sie haben im *Miami Gold* gearbeitet?!" Was war denn das für eine Frage? Die ganze Welt wusste inzwischen von meiner Laufbahn im *Miami Gold.* Was will der genau? „Wenn ich richtig informiert bin, besitzen Sie keine Green Card, oder?" Ah, jetzt dämmerte es mir auch schön langsam. „Nein, ich besitze keine Green Card", gab ich schließlich ziemlich kleinlaut zu. Doch der Cop ließ nicht locker, offensichtlich hatte er seinen Spaß daran gefunden. „Sie wissen schon, dass das illegal war und dass ich Sie verhaften könnte?!", bohrte er weiter nach. „Ja, ja, ja, aber ...", und an dieser Stelle fuchtelte ich bereits mit meinem Ticket vor seiner Nase herum. „Ich reise heute auf Nimmerwiedersehen ab! Ich pfeif sowieso drauf, also lassen Sie mich in Ruhe und kümmern Sie sich um richtige Verbrecher!" So ganz plötzlich war meine Stimmung ein klein wenig umgeschlagen. *Er will doch nur seine Macht demonstrieren, und ich bin ihm wieder mal voll auf den Leim gegangen!* In Gedanken streckte ich ihm den Stinkefinger entgegen, so sehr ärgerte mich dieser überhebliche Kerl. *Nix wie weg aus diesem verrückten Land.* Ich sah Jack noch ein letztes kurzes Mal, bevor mich Billy zum Flughafen brachte.

Zurück in Wien holte mich Margot vom Flughafen ab und erzählte mir sofort etwas von einem geplanten gemeinsamen Essen bei ihr zu Hause. Ich war allerdings nicht so richtig in Stimmung, jetzt über so was zu reden, ich wollte nach Hause und mich ausschlafen. Der lange Flug machte mir mehr zu schaffen, als ich gedacht hatte. Also reagierte ich zunächst unwirsch auf dieses Angebot. Doch Margot hatte genügend Einfühlungsvermögen, sie verstand und ließ mich in Ruhe.

Am nächsten Morgen hatte ich wieder zwei Nachrichten auf dem Anrufbeantworter. Jack konnte es wohl noch immer nicht lassen, mich mitten in der Nacht mit Anrufen zu bombardieren. Diesmal allerdings löschte ich die Nachrichten, ohne sie mir angehört zu haben und rief Margot an.

Langsam bekam ich Hunger, und sie hatte doch etwas von einem Essen gesagt. Gesagt, getan, am Nachmittag traf ich bei Margot ein, um das feudale Mahl zu genießen. Doch entgegen meiner Erwartung war weder der Herd warm noch der Tisch gedeckt. *Was soll das bitte werden?* Margot grinste wie ein Hutschpferd, als es an der Türe läutete. *Ist noch jemand zum Essen ohne Essen eingeladen?*

Hereinspaziert kam Paul Stache. Mit Reisetasche und allem Drum und Dran. Und ich verstand gar nix mehr. *Was will denn der hier? Und warum ist noch immer kein Essen am Tisch, wo ich doch zum Essen eingeladen bin?* Langsam, ganz langsam kam mir die Erkenntnis. Doch bevor ich noch den Mund aufmachen konnte, nahm mich Paul in seine Arme und drückte mich ganz überschwänglich. Ich hatte das Gefühl, im falschen Film zu sein, oder besser noch, etwas verpasst zu haben. *Was hat denn der in den beiden Wochen, seit ich ihn das letzte Mal gesehen habe, getrieben? Schleierhaft! Der tut gerade so, als wären wir fix zusammen!* Margot grinste inzwischen unablässig weiter aus der Wäsche. „Was tust du denn hier?", entkam es mir wohl wenig freundlich. Und er mit Dackelblick: „Und ich hätte wetten können, du freust dich auf mich!" Na ja, eigentlich war ich schon geschmeichelt, aber die Überraschung wirkte immer noch. „Na ja, kommt ein wenig ungelegen, aber wenn du schon mal hier bist ...", grinste ich ihm schließlich entgegen.

An dieser Stelle meldete sich Margot erneut zu Wort: „Bianca, es kommt leider auch mir ungelegen, denn für heute Nachmittag hat sich mein Liebhaber angekündigt. Und dabei kann ich den Paul bei mir in der Wohnung nicht gebrauchen ... Also, du hast doch sicher nichts dagegen, wenn Paul diese Woche bei dir wohnt." *So haben sich die zwei das also ausgedacht!* Aber gut, ich hatte nichts dagegen, und so grinsten wir weiterhin zu dritt um die Wette. Essen gab es keines mehr an diesem Tag.

In den folgenden Tagen verbrachte ich viel Zeit mit Paul, der sich als äußerst amüsanter Zeitgenosse entpuppte. Zusätzlich fütterte mich Margot mit Informationen über ihn. So auch dass er während meines Miami-Trips ständig mit ihr in Verbindung war und sie über mich ausgefragt hatte.

Jack war in dieser Zeit ganz vergessen, auch seine Anrufe konnten mich nicht mehr aus der Fassung bringen. Ich freute mich lieber über die lustige Zeit mit Paul und genoss sie in vollen Zügen. An einem Sonntagnachmittag, wir waren gerade ziemlich faul und kugelten in der Wohnung herum, kam Paul auf die Idee, zur Trabrennbahn in die Krieau zu fahren. Das Wetter war herrlich und so machten wir uns einen Spaß daraus: Wir putzten uns ganz gemäß dem Wochentag heraus, bevor wir im offenen Jaguar Richtung Prater fuhren. Dort fielen wir nur leider ganz und gar nicht auf. Da war die gesamte Wiener Schickeria versammelt! Und da wir die beide nicht wirklich ausstehen konnten, begannen wir uns sinnlos zu betrinken. Eine Champagnerflasche folgte der nächsten. Nachdem wir an die tausendfünfhundert Euro binnen kürzester Zeit an den Mann, die Flasche und das Pferd gebracht hatten, trollten wir uns wieder Richtung Stadt. Nicht ohne natürlich die bösen Blicke der Society anständig zu bemeckern!

Die Woche mit Paul verging viel zu schnell. Seine Heimreise war angesagt, und uns war beiden klar, dass das eine einmalige Geschichte bleiben würde. Trotzdem versprachen wir zu telefonieren und uns wieder zu sehen. Telefoniert haben wir noch dreimal miteinander, gesehen habe ich ihn nie wieder ...

Das Leben ging weiter. Jacks Briefe und Telefonate drehten sich jetzt allesamt um seine kurz bevorstehende Auslieferung nach Österreich. Doch inzwischen warf man ihm sogar vor, in Los Angeles drei Prostituierte umgebracht zu haben. Und das galt es zu überprüfen. Immer wieder, immer wieder beteuerte er seine Unschuld. Ich konnte das alles nicht mehr ertragen, ich war vollkommen überfordert mit dieser Situation. Margot meinte zu mir: „Du solltest dir einen Job und eine eigene Wohnung suchen, dann siehst du, dass das Leben auch so weiter geht." – *Na klar! Keine schlechte Idee! Ewig kann ich schließlich von den Interviews auch nicht leben.* Bloß gelernt hatte ich auch nichts, weil mir mein damaliger Schuldirektor ausrichten ließ, ich wäre an der Schule nicht mehr erwünscht. Es wären zu viele Journalisten mit unangenehmen Fragen aufgetaucht. Und so eine Publicity konnte man sich als anständiges Gymnasium ja nicht leisten. Dass an eben dieser Schule damals mehr gekifft wurde als an anderen Schulen Wiens ist nur als Randbemerkung zu bewerten … *Also, Augen auf!*

Und so begab es sich, dass ich mich auf Job- und Wohnungssuche machte. Doch damit sollte ich kein Glück haben. Wöchentlich studierte ich den *Kurier*, denn der hatte und hat noch immer die besten Stellen- und Wohnungsanzeigen. Doch jede Wohnung, die ich mir ansah, hatte bloß einen klitzekleinen Fehler: Der Vermieter mochte mich nicht. Egal was sie verlangten, egal was ich bereit war zu bezahlen, egal welche Löcher es waren, niemand vermietete mir eine Wohnung! Es war wie verhext. *Das kann doch nicht wahr sein.* Ich sah mir eine Wohnung an, unterschrieb das für beide Seiten „verbindliche" (!!!) Mietanbot und wurde spätestens am nächsten Tag vom Makler angerufen, dass der Vermieter „plötzlich" Eigenbedarf angemeldet hätte! Nach der fünften Vorstellung dieser Art riss mir unverbindlich mal der Geduldsfaden. Nachdem mir ein Makler schon wieder dieselbe Geschichte erzählt hatte, fuhr ich ihn an: „Und, wäre es ein Unterschied, wenn ich nicht gerade mit dem Unterweger zusammen wäre?" Räusper, räusper, schluck, schluck … *Also doch! Sie wollen mir keine Wohnung vermieten, weil sie allesamt Angst haben, Jack könne frei kommen und danach bei mir wohnen wollen.* Und das bestätigte mir der Immobilienmakler im Laufe unseres Gespräches auch klipp und klar.

Aufnahmen für die nationalen und internationalen Medien, 1994.

Entgegnung: Diese Aussage ist unwahr. Wahr ist vielmehr, daß Jack Unterweger keine Frau nach seiner Entlassung gewürgt hat

Lit 1800,- / Dr 350,- / TL 10.000,- / Ft 110,- / Pts 180,-
Kanar. Inseln Pts 210,- / DM 2,60 / sfr 2,40 / Kčs 8,-

Mittwoch, 15. Juli 1992 / Nr. 11.952, S 8,-

Neue Kronen Zeitung

UNABHÄNGIG

Wien 19, Muthgasse 2, Telefon 36 01-0

Sie schreiben in der Ausgabe Nr. 11.408 vom 20.2.1992 auf Seite 1:

„Wienerin belastet Unterweger: Er fuhr mit mir in den Wald und würgte mich!"

Sie schreiben in der Ausgabe Nr. 11.429 vom 12.3.1992 auf Seite 1 neben einem Bild des Herrn Jack Unterweger:

„Interview mit Jack Unterweger im Gefängnis von Miami."

Damit verbinden Sie die Behauptung, daß Jack Unterweger der „Krone" ein Interview gegeben hat.

Dies ist unwahr. Im Gegenteil, Jack Unterweger hat es abgelehnt, der „Neuen Kronen Zeitung" irgendein Interview zu geben.

Was ist Wahrheit?
Neue Kronen Zeitung (15.7.1992)

Hauptdarsteller.
Jack Unterweger: Am
20. April beginnt sein
Prozeß. Nach zwei
Jahren U-Haft
bekommt er seinen
großen „Auftritt".

Jack Unterweger

● **DIE VERHANDLUNG.**
Nächste Woche Start.
Erstmals nach ameri-
kanischem Vorbild

● **DER LEBENSLAUF.**
Teil 1: Die Kindheit
und die Jugend des
Angeklagten

● **DIE DOKUMENTE.**
Zum Herausnehmen:
Anklage und Vertei-
digung im Wortlaut.

Der Pro

Der Jack-Unterweger-Prozess wurde zu einem Medienspektakel erster Güte.
Österreichische Magazine veröffentlichten Seiten weise Berichte
und Hintergrund-Analysen. News (15-94)

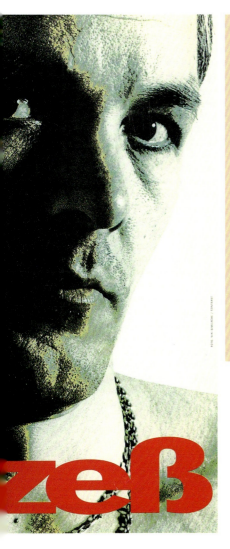

ze**ß**

EXTRA

JACK UNTERWEGER

Die Anklage

Wie Staatsanwalt Martin Wenzl die elf Morde nachweisen will.

Die Verteidigung

Wie Verteidiger Georg Zanger Unterwegers Schuldlosigkeit nachweisen will.

DER PROZESS
IM WORTLAUT

Vor Gericht: Jack Unterweger wurde in Graz des
mehrfachen Mordes angeklagt und verurteilt.

Die Sex-List

Bevorzugt Unterweger sadomasochistische Sexualpraktiken? „Ja."

News (17-94), Kurier (17.2.1992)

ÖSTERREICH

Der Auftritt.
Jack Unterweger im Blitzlichtgewitter der Fotografen. Wenn die intimen Zeuginnen auftreten, wird die Öffentlichkeit ausgeschlossen bleiben.

Das Dokument. 150 Namen finden sich auf jener Liste, die Unterwegers Freundin Bianca Mrak von Jacks elektronischem Taschenkalender abgeschrieben hat. Penibel listet der Beschuldigte darin seine Sex-Abenteuer auf. Etwa jenes, wo er mit Mutter & Tochter (Mu. + To. Jungfrau) ein Verhältnis hatte.

DATEI I / AB MAI '90'

SEITE 18 KURIER   CHRONIK   MONTAG, 17. FEBRUAR 1992

Kriminalisten fanden in Unterwegers Wohnung pikante Notizen und Bilder

High-Society: Manche Dame muß jetzt zittern

Ernst Bieber, Mariene Bienert und Peter Coulig berichten über den aufsehenerregenden Fall

Letzte Momente der Aufmerksamkeit:
Superstar Jack Unterweger.

Tränen von Jack.
Schon vor der offiziellen Urteilsverkündung hat ihm sein Anwalt Lehofer mit „Fingersprache" den Ausgang gedeutet. Er zeigt neun Finger nach oben, dreht dann den Daumen nach unten. Unterweger kämpft mit den Tränen, wirkt aber gefaßt. Nur Anwalt Lehofer befürchtet das Schlimmste: „Paßt's gut auf ihn auf ...", sagt er zu den umstehenden Wachebeamten.

Der Selbstn

JACK UNTERWEGER hat den Prozeß seines Lebens verloren. Sein Selbs und dem Lebenslang-Urteil wirft viele Fragen auf. **NEWS** bringt seine letzt

War sein letzter Mord auch sein Bester? News (26-94), News (27-94)

ord

ach 200 Stunden Verhandlung
eichnungen aus der Haft.

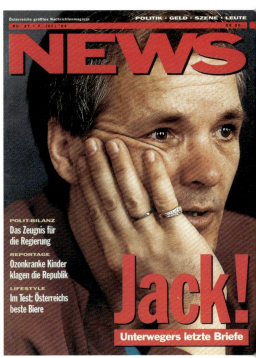

Österreichs größtes Nachrichtenmagazin
POLITIK · GELD · SZENE · LEUTE
NR. 27 · 7. JULI '94
öS 20,-

NEWS

POLIT-BILANZ
Das Zeugnis für
die Regierung

REPORTAGE
Ozonkranke Kinder
klagen die Republik

LIFESTYLE
Im Test: Österreichs
beste Biere

Jack!
Unterwegers letzte Briefe

Manchmal sind Hunde die besseren Menschen, erkennt
Bianca Mrak. Doch sie selbst weiß heute noch nicht,
was sie damals, vor zehn Jahrn, geritten hat. Sex?
Seine Vergangenheit? Ihr Faible für gewisse Dinge?

Bianca Mrak, 2004.

Die Jobsuche wurde noch erniedrigender! So zum Beispiel bewarb ich mich bei der Werbeagentur Sebisch, die von der *Kronen Zeitung* nur einen Steinwurf entfernt war. Beworben hatte ich mich als einfache Telefonistin und wenig später bekam ich an zwei aufeinander folgenden Tagen je ein Telegramm, ich möge mich doch ganz dringend melden, bitte um Terminvereinbarung und so weiter und so fort. Normalerweise denkt man doch, spätestens nach einem Telegramm habe man den Job in der Tasche ... Als ich zum vereinbarten Termin eintraf, empfing mich der Firmenchef höchstpersönlich! Mr. Sebisch himself! „San S' es, oder san S' es net?", nicht einmal einen Platz bot mir der alte Fettsack an! Kanzelte mich hinter seinem Schreibtisch weiter ab: „Wissen S', ich weiß, wer Sie sind! Und Sie brauchen nicht glauben, dass Sie den Job bekommen. Ich wollt Sie mir nur mal in Natura ansehen!" Wortloser Abgang meinerseits ...

Also streckte ich meine Fühler erst mal in meinem Bekanntenkreis aus. Und wieder war es Margot, die mir half. Sie kam eines Tages mit einer freudigen Überraschung bei mir an und verkündete sofort: „Ich hab, wenn du möchtest, einen Job für dich!"
Na prima, es erledigt sich offensichtlich eh alles von selbst! Und ich muss mich nicht mehr bei fetten, alten, grauslichen, sabbernden Kerlen vorstellen ...

Die Firma, die mir Margot empfahl, entpuppte sich als wahrer Glücksgriff! Es handelte sich dabei um eine Konzertkartenagentur, die mit einer großen Papierwarenkette kooperierte. Ich fing als Konzertkartenversandkraft an. Das hieß den ganzen Tag Kuverts mit Prospekten und Konzertkarten zu versehen und anschließend das ganze postfertig zu machen. *So ähnlich wie Häftlinge eben Sackeln picken!* Aber es war ein guter Anfang. Ich sah in den folgenden Jahren sämtliche Konzerte von Prince, Tina Turner, U2, Paul McCartney mit Frau Linda (die ich beide persönlich kennen lernen durfte), alles, alles, alles!!! Alles habe ich mir angesehen. Überhaupt war das eine sehr freakige Firma. Einige mittelalterliche Typen, wovon jeder seine eigene persönliche kleine Beeinträchtigung pflegte, eine schwer stutenbissige Tussi am Empfang und ich mittendrin. Wahrlich, eine sehr aufregende Zeit.

Fehlte jetzt bloß noch die Wohnung. Über einen Immobilienmakler hatte ich bisher keinen Erfolg gehabt. Aber bis jetzt war Jack noch nicht einmal aus den USA zurück. Und sein Anwalt, mit dem ich in regem Kontakt stand (immer war ein Brief oder Fax oder sonst was von Jack abzuholen!), riet mir ohnehin, in Jacks Wohnung zu bleiben. Denn die Miete sei „ja völlig überteuert, da können wir schon was machen. Lassen S' mich nur alles erledigen! Außerdem ist das der ausdrückliche Wunsch von Herrn Unterweger!" *Und der deines Kontos obendrein, auch ausdrücklich!* Aber bitte, so musste ich mich noch nicht mit der Frage der Wohnung beschäftigen. *Noch besser!*

Die Zeit verging mit meiner neuen Arbeit wie im Flug, pausenlos war ich unterwegs und des Abends auch sonst recht lustig drauf. Die Amis hatten inzwischen zu Jacks und Dr. Hammers Freude ihren Verdacht wegen der drei Nutten nach eingehender Untersuchung wieder fallen gelassen. Nun stand der Auslieferung nichts mehr im Weg und Jack wurde immer nervöser.

Mittlerweile bombardierte er mich immer massiver und ich wurde immer grantiger. Ich suchte nach Abwechslung. Egal wie, bloß nichts von Jack, Hammer oder sonst wem hören müssen!

Der Tag der Auslieferung war ein Sonntag, wenn ich mich recht erinnere. Jack kam mit amerikanischer FBI-Eskorte nach Wien und schritt die Gangway vom Flugzeug mit einem siegessicheren Lächeln im Gesicht herab. Ich durfte weder am Flughafen noch sonst wo dabei sein. Im Fernsehen verfolgte ich Jacks Ankunft in Österreich. Nicht wenig später, als das TV live von Jacks Erscheinen berichtete, erhielt ich einen Anruf von Dr. Hammer. Er versuchte mich zu beruhigen, indem er mir Folgendes sagte: „Liebes Fräulein Bianca ..." – *soweit waren wir also schon*... – „... dem Jack geht es soweit gut, jetzt ist er momentan im Sicherheitsbüro und wird vernommen. Wenn ich etwas erfahre, rufe ich Sie selbstverständlich wieder an!" *Genau das habe ich befürchtet!* Augenblicklich ging das Theater los ...

Die Medien spielten in den folgenden Wochen komplett verrückt. Ständig war die Rede von ich weiß nicht wie vielen neuen Opfern im In- wie im Ausland. Nach der Vernehmung im Wiener Sicherheitsbüro wurde Jack nach Graz verfrachtet, weil man eben dort den Haftbefehl ausgestellt hatte. In der folgenden Woche durfte ich Jack erstmals in Graz besuchen. Dr. Hammer hatte mir einen Termin beim Untersuchungsrichter „organisiert". Dabei konnte man mich natürlich auch gleich verhören. *Alles in einem Aufwasch!*

Ich reiste per Bahn nach Graz, was ich ab diesem ersten Mal bereits abgrundtief hasste. Ich mochte die elendslange Zugfahrt nicht, über den Semmering schlich die ÖBB mit nicht mal fünfzig Stundenkilometern dahin, und Graz, dieses Provinznest, mochte ich schon gar nicht! *Die Grazer glauben offensichtlich alle, nur weil sie eine Straßenbahn besitzen, sind sie die besseren Wiener! Von wegen!*

In Graz musste ich die Bim in die Innenstadt benutzen, um dann gleich in die nächste in Richtung Conrad-von-Hötzendorff-Straße ins Landesgericht zu springen. Und die Leute starrten mich alle an, als wäre ich vom Mond oder so! *Na, noch nie ein Prachtexemplar von einer Wienerin gesehen?*

Der Untersuchungsrichter, Dr. Dietmar Rumpold, empfing mich vorerst recht unterkühlt. Offensichtlich wollte er der Unterweger-Göre erst mal zeigen wo's lang geht. Nach der Einvernahme beim U-Richter stellte er mir einen Passierschein für das Gefangenenhaus aus. Damit konnte ich Jack nun besuchen. Ich musste einige Stockwerke tiefer gehen, ehe ich vor dem Besuchszimmer stand. Ein Justizwachebeamter nahm mir gruß- und wortlos den Fetzen Papier aus der Hand, ehe er mir befahl: „Setzen!" *Was glaubt dieser Fatzke eigentlich! Wieso befiehlt mir inzwischen schon jeder Zweite, dass ich mich setzen soll? Verstehe ich nicht, will ich schnellstens ändern! Aber nicht jetzt, sonst lassen die mich warten bis zum Sankt-Nimmerleins-Tag. Also schön brav den Mund halten und nicht ärgern!*

Das nächste was ich sah, war der enge Besuchsraum. *Der allein würde bei mir schon glatt als Zelle durchgehen!* Der Raum war der Länge nach durch ein Holzpult unterteilt, auf dem sich bis zur Decke ein Panzerglas mit Gittereinsätzen befand. Drei einzelne, bis in Augenhöhe getrennte Kobel. *Sauber, Ohr an Ohr mit anderen Besuchern, die ungeniert lauschen können.* Zusätzlich standen an jeder Seite zwei Wärter, die aufpassten, dass nichts über die Taten gesagt würde.

Nach einer Weil kam Jack in die Besucherzelle. Er war völlig verzweifelt, stammelte etwas von Dokumenten dahin und war sonst auch irgendwie aufgelöst. Der Untersuchungsrichter hatte uns ausnahmsweise eine halbe Stunde genehmigt, da er „netterweise" meine lange Anfahrt berücksichtigte … Und Jack kam einfach nicht zum Punkt. Er brauchte Geld, Wäsche und etliche Informationen aus seinem Bücher- und Ordnerregal in seiner Wohnung. Ich notierte alles ganz brav in einem Notizblock und versprach noch, ihm regelmäßig zu schreiben und ihn zumindest jede zweite Woche zu besuchen. Doch da hatte ich die Rechnung ohne den Wirt gemacht!

Die Medien berichteten wie wild von meinem Ausflug nach Graz. Das machte mir sowohl im Job wie auch im Privatleben enorme Probleme. An Wohnungssuche war immer noch nicht zu denken und meine Mutter machte mir die Hölle heiß. Auch ihr begann die Geschichte zu schaden. Und das wollte ich keinesfalls. Zusätzlich zeigte man in meinem Job nicht wirklich viel Verständnis, als ich verkündete, dass ich ab nun zweimal im Monat frei brauchte.

An allen Ecken und Enden hatte ich Diskussionen und sonstige mühselige Gespräche zu erdulden. Als ich nach zwei Besuchen bei Jack zum dritten antanzte, hielt mir der U-Richter, bei dem ich mir noch immer einen Passierschein holen musste, einen Zettel vor die Nase. *Hut ab, Mama! Verbietet sie mir doch glatt jugendamtlich und gerichtlich den Besuch bei Jack bis zu meiner Volljährigkeit. Das heißt nach meiner Berechnung lange vier Monate ohne die Möglichkeit eines Besuches bei Jack.* Ich wusste in dem Moment nicht, was ich tun sollte – weinen oder lachen? Ich entschied mich fürs Wütend-Sein. Das kam immer besser! Der U-Richter erwies sich als Mensch und gestattete mir den Besuch, obwohl er das eigentlich gar nicht mehr durfte. Denn die Sache mit dem Besuchsverbot war bereits rechtskräftig. Bei dem folgenden Zusammentreffen mit Jack las ich ihm schon im ersten Moment von den Augen ab, dass er auch Bescheid wusste. Und das sollte die wahrscheinlich längste halbe Stunde in meinem bisherigen Leben werden.

Jack lamentierte über die „Unverfrorenheit deiner Mutter", ich schwieg. Jack wurde nicht müde zu erklären, was ich seiner Meinung nach zu tun hätte. Ich schwieg weiterhin. Und in Zukunft, so rang er mir unter Tränen ab, wollte ich ihm zumindest jeden zweiten Tag einen Brief schicken. So richtig lang sollte der sein. *Romane schreiben also!* Außerdem sollte ich mich über seinen Advokaten Dr. Hammer für volljährig erklären lassen. Was im Übrigen völlig in die Hose ging, da meine Lebensumstände mit einem Mörder allgemein bekannt waren und mein neunzehnter Geburtstag absehbar war. *Aber bitte – man kann mir nicht nachsagen, dass ich es nicht versucht hätte.*

Ich war heilfroh, als uns die anwesenden Wärter zu verstehen gaben, dass unsere Zeit abgelaufen war. Und das war sie – im Nachhinein betrachtet – mit dieser Sekunde auch wirklich ...

Ab diesem Zeitpunkt änderte sich mein Verhältnis zu Jack ganz schnell und vor allem gewaltig. Ich sollte trotzdem alle vierzehn Tage nach Graz fahren, Taschengeld einzahlen und mit frischer Wäsche anreisen und mit einem Sack stinkender Wäsche quer durch Österreich wieder heim ...

In den folgenden Wochen wurde ich bezüglich Ausreden erfinden, um nicht nach Graz fahren zu müssen, immer kreativer. Es nutzte alles nichts. Ich wurde von Briefen bombardiert, die ich teilweise bis heute nicht einmal gelesen habe. *Schande über mich!* Ich konnte mich ab einem gewissen Zeitpunkt einfach nicht mehr mit seinen Briefen, die übrigens einen ganzen Ordner füllen, befassen. *Man glaubt kaum, wie viel Platz auf einem DIN-A4-Blatt zur Verfügung steht, wenn man nur klein genug schreibt* ... Und es ging immer um ein und dasselbe Thema – mein Nachtleben. Das war damals immerhin Stadtgespräch. Ich trieb mich teilweise allein, teilweise mit Margot in der Stadt rum.

Im *Take Five* lief mir eines schönen Tages Prinz Albert von Monaco über den Weg. Er fragte mich nach zwei Minuten Begutachtung ganz ungeniert, ob ich ihn in sein Hotel begleiten würde! *Nie und nimmer! Habt ihr in Monaco keine Spiegel?* Da die anwesenden Paparazzi auch mich erkannten, dichtete man dem Prinzen am nächsten Tag sofort eine Liebschaft mit mir an ... Und das hörte natürlich wieder Jack, der schon seine Felle davonschwimmen sah. Und die Post verdiente sich in dieser Zeit wieder ein Heidengeld!

Inzwischen kannte ich sämtliche Puffs, die in Wien und Umgebung Namen hatten, von innen. Mittlerweile plante ich sogar meine Volljährigkeit im November in einem ebensolchen Etablissement zu feiern. *Mal sehen, was sie dazu sagen?* Aber dazu später.

Eines Tages stand ich völlig unmotiviert vor dem kurz vor der Eröffnung stehenden Lokal *Beverly Hills* ... Ich wusste zwar, dass das ein Lokal mit Go-go-Dancing werden sollte, wunderte mich aber gleichzeitig, dass wir Europäer (insbesondere die lieben Landsleute in Österreich!) so schwer der(m) Zeit(geist) hinterherhinkten. *Hab ich das doch in Miami schon am eigenen Leibe genossen ...* Egal, verweilte da mitten auf der Straße, sprach mich ein untersetzter Typ mit riesiger Nase an. Ich stand einer Prachtentfaltung der Männlichkeit, die sich später als Joe Iron entpuppen sollte, gegenüber. Joe Iron, der bei uns in Österreich als Triathlon-Sportler Karriere gemacht hatte, bevor er ins offensichtlich lukrativere Nachtleben wechselte. Und zu allem Überfluss unterbreitete er mir glatt ein unglaubliches Angebot. Er würde mich „einladen", doch den Eröffnungstanz im *Beverly Hills* zu tanzen! Und das Ganze zum Okkasionspreis von dreitausendfünfhundert Euro! *Welche Ehre!* Und natürlich sagte ich dankend ab. Das würde ich nie wieder machen, zumal derjenige, der mich in Miami dazu „überredet" hatte, im Häfn saß, also da bestand keine Gefahr mehr, und ich zweitens im Ersten (erster Wiener Gemeindebezirk) aufgewachsen bin, wo mich jeder kennt wie einen bunten Hund! Kurz darauf kam ein typischer Strizzi-Mercedes des Weges und hielt vor uns beiden. Der Mann hinterm Steuer, ein besserer Sitzriese mit einer Haartracht, die die Polyester-Vermutung nicht gerade zerstreute, ließ per Knopfdruck die Fensterscheiben runter und grinste aus dem Auto raus. Kaum fertig mit der ersten Aktion, folgte die nächste, indem er einen unheimlich dämlichen Chauvinisten-Spruch anbrachte, den ich wie auch schon die Schimpftiraden meiner Mutter erfolgreich verdrängen konnte. *Na, den habe ich schon gefressen!*

Aber entgegen aller Erwartungen stellte er sich ganz artig als Edi Zänker vor. War dann allerdings ganz entrüstet, als ich meinte, und wer solle das bitte sein? „Na, der Fußballkönig vom GAK!" *Sch..., noch immer Bahnhof!* Klar, ich hatte schon ein bisschen Ahnung, wer er war, aber diesen selbst verliebten Egoisten musste man einfach ein wenig reizen. *Ist ja auch zu lustig. Er plustert sich in feinster Gockel-Manier auf! Grenzgenial! Ist er doch VIP der ersten Klasse! Wie kann man Edi Zänker nicht kennen! So eine Schande!*

„Einladung" zum Tanzen abgelehnt, schon am Beifahrersitz des Edi Zänker! Wir gingen was essen und er erzählte ohne Punkt und Komma aus seinem „potscherten" Leben. Welch verkanntes Genie er nicht wäre und wie sehr man ihn abgesägt und betrogen hätte und so weiter und so fort. Er stünde in der Welt mit seinem Alter Ego quasi „2 gegen 98". Irgendwann war mir das allerdings auch zu fad und ich verabschiedete mich, nicht ohne ihm vorher meine Telefonnummer verpasst zu haben.

Man traf einander in den nächsten Tagen zu Restaurantbesuchen, und unglaublich, aber wahr – irgendwas an ihm reizte mich dann doch! Verkauft hat er sich ja unheimlich gut, das muss man ihm schon lassen. Eines schönen Abends holte er mich ab und lud mich zu sich in sein Haus im siebzehnten Bezirk ein. So sehr ich immer gedacht hatte, er sei grundsätzlich stillos, so war ich nun enorm überrascht! Das Haus war ein Zinshaus, welches er sein Eigen nennen durfte, und er hatte die beiden ersten Stockwerke für sich ausgebaut. Ich hatte nur noch große Augen und stand da, wie ein kleines Kind vorm Weihnachtsbaum. Eine so geschmackvoll – gut ein wenig zu protzig – eingerichtete Wohnung hatte ich selten gesehen. Moderne Kunst an den Wänden, blaue Bullaugen aus Glas in den Wänden, sodass das Licht von einem Raum in den nächsten fiel, die Beleuchtung perfekt und überhaupt – der Schlager schlechthin. Aber den Todesstoß versetze er mir, indem er mich in seine heiligen Gemächer im ersten Stock einlud. Das Badezimmer war in rosa Marmor gehalten und hatte so ziemlich genau die Größe meiner jetzigen Wohnung. *Sauber. Wie kann man sich mit Goschert-Sein so was verdienen?*

Eigentlich rechnete ich spätestens jetzt mit einer wilden Nummer auf dem größten Bett, das ich je gesehen hatte. Aber nix da, er quartierte mich im Gästezimmer im Erdgeschoß ein. Er kippte ganz brav das Fenster und gab mir noch ein Gute-Nacht-Bussi auf die Wange … Jetzt verstand ich gar nichts mehr. *Ich bin knackige neunzehn und der rührt kein Ohrwaschl, geschweige denn etwas anderes!*

Ich dachte, ich wäre eben erst eingeschlafen, als sich eine Hand an meinem Hintern bemerkbar machte. Kurzer Blick auf den Wecker, nein, es war mitten in der Nacht, im Zimmer stockdunkel und Herr Zänker beehrte mich doch noch. Kam und ging so geräuscharm, wie er unter meine Bettdecke gekrochen war! Am nächsten Morgen beim Frühstück erwähnte er die wohl sonderbare Vorgehensweise mit keinem Wort. Mir war es recht, ich war befriedigt, meine Hormone sprangen nicht mehr im Achteck, folgedessen wollte ich das auch nicht ausschlachten.

Bloß – in den knappen drei Monaten, die wir miteinander verbrachten, änderte er sein Gehabe in keiner Weise. Es lief immer so wie in der ersten Nacht ab. Mit dem hätte ich mich ja gerade noch abgefunden, aber die Krönung kam einige Wochen später ...

Ich erhielt einen Anruf von ihm, dass er sich gern am Nachmittag mit mir treffen würde. Ich sollte mich doch bitte extra aufhübschen. Na, das brauchte er mir nicht zweimal zu sagen! Ich warf mich in ein beiges Leinenkleid und dazu passende hohe Schuhe aus Rauleder.

Aber anstatt mich mit einer Gondelfahrt in Venedig zu überraschen, stellte er mich bei Nieselregen an den Rand eines Fußballfeldes, keine einzige Stelle, die vielleicht betoniert gewesen wäre. Die Regentropfen verdampften an mir, so heiß war ich! Mit beginnendem Platzregen stakste ich querfeldein gen Holden und erklärte den Nachmittag und in weiterer Folge auch die Beziehung für beendet.

Zusätzlich zu dieser privaten Pleite mischte seit einigen Wochen noch eine andere Person in meinem Leben kräftig mit. Jack faselte in seinen Briefen immer häufiger von einer gewissen Rechtsanwältin, die ihn nun des Öfteren besuchen kam. Auch berichteten die Medien von dieser Person. Und so begann ich mich für Frau Mag. Angelika Wieser zu interessieren. Es ärgerte mich, dass Jack sich von dieser Frau becircen ließ, während ich nur mehr für Wäsche und Taschengeld verantwortlich war. Gut, daran war auch das gerichtliche Besuchsverbot mit schuld, aber wieso konnte Jack mit dieser Frau Dinge besprechen, die er mit mir nicht besprechen konnte?

Dr. Hammer versicherte mir obendrein einmal zu oft, dass

das eine „harmlose" Geschichte wäre. Das ging den ganzen Sommer so. Inzwischen hatten wir Herbst 1992 und ich hatte genug zu tun, da ich meine Geburtstagsfeier arrangieren musste. Denn die wollte ich allen Unkenrufen zum Trotz in einem Bordell feiern. Anfangs glaubte ich ihnen ihre Ausreden bezüglich Frau Mag. Wieser noch, bis im Oktober ein Brief bei mir reinschneite ...

Nachdem die gesamte Korrespondenz vom U-Richter zensuriert werden musste, las Dr. Rumpold natürlich auch sämtliche privaten Briefe, die Jack schrieb oder erhielt. Nach einigen Wochen schriftlich geführter Diskussionen zwischen Jack und mir erhielt ich einen Brief aus dem Gefangenenhaus Graz. *Jack schon wieder, und noch dazu recht dick.* Ich wollte ihn schon zur Seite legen, als sich meine innere Stimme zu melden begann. Mach ihn auf!

„Servus, Angelika ..." *Was soll denn das bitte sein? Der ist ja gar nicht für mich. Zehn Seiten Brief für die Frau Magister ... spontan, impulsiv, oberflächlich ... da hat Bianca schon verloren* ... Und mir reichte es ab diesem Zeitpunkt dann endgültig. Sollte Jack doch mir ihr glücklich werden, ich hatte ohnehin nur noch mäßige Lust, nach Graz zu fahren. *Wenn das schon so eine intime Brieffreundschaft ist, dann bitte mit allem Drum (Wäsche) und Dran (Geld)!* Das wiederum verstanden weder Jack noch Angelika, noch Dr. Hammer. Ich wiederum verstand ab diesem Zeitpunkt immer mehr. Dr. Hammer, Jack und zu guter Letzt sogar Frau Mag. Wieser regten sich künstlich über die Verwechslung der beiden Briefe auf.

Inzwischen wurde nämlich immer klarer, dass der U-Richter die Briefe „versehentlich" vertauscht hatte. Mir kam es mehr als recht, bloß die anderen drei im Bunde wollten sich so gar nicht daran erfreuen. Dr. Hammer wurde immer nervöser, weil er fürchtete, ich könnte vom Entlastungszeugen zum Zeugen der Anklage mutieren. Bis zu diesem Zeitpunkt hatte ich der Polizei diverse Ohrfeigen und Verhältnisse verschwiegen. Und das wussten die drei offensichtlich genau. Aber wozu, verdammt noch einmal, sollte ich weiterhin schweigen?

Jack hatte mir im vergangenen Dezember einen schwarzen Plastiksack aus dem Keller geholt, der voll mit Unterwäsche, Strumpfhosen und anderen Kleidungsstücken für Frauen war. In seinem Feriendomizil in Tarvis in Italien hatte er eine Waffe gelagert, die er in Paris vor unserem Abflug nach Miami entsorgt hatte. Und so weiter und so fort. Und angesichts der Tatsache, dass ich von solchen, manchmal durchaus harmlosen Dingen wusste, wunderte es nicht, dass die Stimmung immer gereizter wurde. Denn diese so genannten harmlosen Dinge konnten in seinem Fall enormen Schaden anrichten. Und die Polizei wusste von meinem Wissen nichts. Jack versuchte massiven Druck auf mich auszuüben. Das gelang ihm zwar nicht mehr telefonisch, doch die Briefe allein reichten schon aus.

Ich wollte mich nicht länger kontrollieren lassen, und so stürzte ich mich in die Arbeit und die Vorbereitungen zu meiner Geburtstagsfeier. Inzwischen hatte ich mit Margots Hilfe eine „geeignete" Lokalität gefunden, und wir zwei verbrachten ganze Abende, um die näheren Details zu besprechen. Ich wollte vor allem Jack und Konsorten beweisen, dass ich sowieso nur das mache, was mir passt. Und das gelang mir auch mit meinem Geburtstag Anfang November.

Zu meiner Party war eingeladen, was Rang und Namen hatte. Sogar Paul Stache aus München hatte zugesagt. Schlussendlich war für ihn allerdings an der bayrisch-österreichischen Grenze und für die nächsten paar Jahre Schluss! Trotzdem wurde es eine sehr lustige Party, die immerhin fast zwei Tage dauerte …

In der folgenden Woche erhielt ich einen aufgeregten Anruf von Dr. Hammer. „Liebes Fräulein Bianca, ich habe das Sparbuch von Ihrem Anwalt Dr. Bauer erhalten und würde es Ihnen jetzt gerne überreichen. Das Geld von der *Kronen Zeitung* steht Ihnen jetzt ganz zur Verfügung ..." *Logisch darf man mir das überreichen!* Jetzt würde auch die Wohnungssuche hinhauen! *Nie wieder darauf warten, dass mich wer rausschmeißt. Nicht von irgendjemandes Gunst abhängig sein.* Und ich hatte sowieso die Nase voll von Jacks Wohnung. Gründlich!

Sobald ich das Geld auf meinem Konto hatte, begann ich mit der Wohnungssuche. Im Zuge meiner Recherchen am Wohnungsmarkt stieß ich auf eine Anzeige, in der eine Wohnung um zweihundertachtzig Euro vermietet wurde. Gerade richtig für mich. Ich sah mir die Wohnung an, die man als solche gar nicht bezeichnen konnte. Wohn-Klo wäre wohl eher angebracht gewesen! Keine zwanzig Quadratmeter mit altem Ölofen und undichten Fenstern und Türe. Der Ölofen machte mir noch einige Kopfzerbrechen, ich hatte mit solch vorsintflutlichen Geräten bis dato nichts zu tun gehabt. Aber egal, es war an der Zeit, endlich meine eigene Wohnung zu haben.

Ich bezog meine Behausung, denn als diese stellte sie sich heraus, Mitte Juni 1993. Inzwischen war ich in der Firma zur Sekretärin und Verkäuferin aufgestiegen und wurde zunehmend unabhängiger. Die Medien ließen mich allesamt mehr oder weniger in Ruhe, und ich konnte mich auf mein Privatleben konzentrieren.

Die Geschichte mit Angelika und Jack war inzwischen so weit gediehen, dass die Medien schrieben, er hätte sich von mir getrennt und sie als seine neue Freundin vorgestellt. War mir recht! Mehr als das sogar. Ich konnte einfach nicht begreifen, dass man mir immer stärker einzureden versuchte, ich sei geistesgestört, weil ich mich mit einem Mörder eingelassen hatte.

Nun, wie geistesgestört muss man dann erst sein, wenn man sich in einen Häftling verliebt, der keine Aussicht auf Entlassung hat? Ging mir nicht ein. Geht mir heute noch nicht ein. Ging dem Jack bis zu seinem Ende nicht ein.

Zusätzlich ärgerte er mich mit seinen vorwurfsvollen Briefen ganz gewaltig. Er versuchte mir die Situation „glaubhaft" zu erklären. Doch mit jedem Wort, das ich von ihm las, geschah das Gegenteil. Ich wurde immer misstrauischer und wollte einfach nicht mehr länger hinnehmen, dass das alles so lief. Ich regte mich derart auf, dass ich unvorsichtig wurde und einfach zu viel plauderte. Und so kam, was kommen musste.

Die Polizei rief mich eines Tages an und lud mich wieder mal vor. „Uns ist zu Ohren gekommen, dass dieser Sack voll Wäsche im Keller gelegen hat! Wieso erfahren wir erst jetzt davon?" *Wenn mir etwas gegen den Strich geht, dann so was! Die Herren psychologisch geschulten Beamten sollen sich doch bitte überlegen, was sie fragen, wenn sie bestimmte Dinge hören wollen! Unklare Fragen stellen und klare Antworten haben wollen!* Nachdem wir das mehr oder minder über Zimmerlautstärke besprochen hatten, durfte ich mich mit dem Versprechen trollen, dass ich ihnen diesmal nichts mehr verschwiegen hätte.

Durch diese Aussage traf das Armaggedon für Jack und Hammer ein. Ich wurde sofort als neuer Belastungszeuge vorgestellt, und die Verteidigung ging erstmals zu Boden. Sogar die gut gemeinten Interviews von Frau Mag. Wieser konnten die Stimmung im Land gegen Jack nicht mehr revidieren.

Ab diesem Zeitpunkt war für Jack und mich klar, dass es vorbei war. Endgültig. Ich konnte seine seitenlangen Briefe nicht mehr lesen, heftete sie nur noch in einen großen Ordner, der heute mehr als voll ist. Ich hatte keine Lust mehr, als „Unterweger-Flittchen", „Schlampe" oder sonst noch was dazustehen. Frau

Mag. Wieser machte ihre Aufgabe gut, sie betreute Jack, besser hätte ich es nicht machen können. Und schlussendlich bin ich ihr sogar mehr als dankbar. Wäre sie nicht gewesen, Jack hätte seine gesamte Aufmerksamkeit wohl mir gewidmet!

Nachdem publik wurde, ich wäre wieder am freien Markt zu haben, stellten sich die Männer reihenweise bei mir an und vor. Doch nach einer Geschichte gab ich die Suche nach einer ernst gemeinten Beziehung wieder auf. Da verging mir doch ganz kräftig die Lust und ich spielte ernsthaft mit dem Gedanken lesbisch zu werden! Ich lernte im Zuge meiner Gespräche mit den Zeitungen und Magazinen den Chefredakteur eines Szenemagazins kennen. *Sense* war bekannt für aufrüttelnde Reportagen. Auch Jack hatte dort hin und wieder einen Artikel angebracht. Besagter Chefredakteur lud mich wochenlang zum Essen ein, wir verbrachten endlose Nächte mit Gesprächen, bis es zum Finale im Hotel *Orient* (berühmtes Stundenhotel in der Wiener Innenstadt) kommen sollte. Er war bereits am Zimmer, der Champagner kalt gestellt und der Fauteuil in die Zimmermitte gerückt. *Was will der denn hier abziehen?* Ich musste mir die Schuhe ausziehen und in dem Sofasessel Platz nehmen. Hingebungsvoll küsste er mir über eine halbe Stunde lang die Füße, bevor ich Reißaus nahm! Also das ging mir doch zu weit. *Ein Mann in seiner Position und dann so was! Aber wie sagt man: Jedem Tierchen sein Pläsierchen. Und daran will ich mich halten.*

Jacks Briefe kamen zwar immer noch, doch sie wurden mit der Zeit bald weniger. Nichtsdestotrotz waren sie in alter Manier verfasst und reizten zunehmend meine Galle.

Im Herbst 1993 traf ich dann zufällig in der Stadt meinen Jugendschwarm, der mit mir in derselben Gasse aufgewachsen war. Bernhard Müller war mal ein fescher Mann gewesen. Groß, selbstbewusst und goschert. Dem liefen die Weiber nur so hinterher. Mir fiel nur auf, dass er ein wenig dicker geworden war. Inzwischen nahm sogar er von mir Notiz, und so kam es, dass wir zusammen kamen. Er zog nach nicht einmal einer Woche bei mir ein und verwandelte sich von da an in ein noch schlimmeres Monster, als es Jack jemals zu mir war.

Bernhard verschwieg mir zuerst, dass er manisch-depressiv war. Hinzu kamen durch seinen übermäßigen Drogenkonsum noch Halluzinationen der schlimmsten Art mit Gewaltausbrüchen und Aggressionsschüben vom Feinsten. Innerhalb der ersten paar Tage begriff ich, dass ich diesen Typen so schnell wie möglich loswerden musste. Doch der weigerte sich beharrlich, mir meinen Schlüssel rauszurücken. Inzwischen kamen immer mehr Geschichten aus seiner Vergangenheit ans Tageslicht. So hatte er schon mal auf Verlangen einer Mutter die Tochter gekidnappt. Gewalttätigkeiten standen bei ihm auf der Tagesordnung und wechselten sich nur mit seinen Aufenthalten in der geschlossenen psychiatrischen Abteilung ab. Dass er so fett wurde, begründete er mit seinem Psychopharmaka-Konsum. *Na fein.* Zusätzlich beklaute er mich, wo es ging, und stahl mir so im Laufe der Zeit an die zweitausend Euro! Wenn ich nach der Arbeit heimkam, saßen auf meinem Bett gut fünf bis sechs Leute rum und kifften mir die Bude voll! Dazu fehlte auch noch jeder Cent aus meiner Geldtasche. Doch sobald ich den Mund aufmachte, verpasste er mir einfach ein paar Ohrfeigen. *Dieses feige Schwein!* Ich war damals durchaus nicht mehr gut auf Verbrecher jeglicher Art zu sprechen, aber ich verstand zunehmend, wie man eine Affekttat begehen kann! Nicht ein Mal hielt ich mein großes Küchenmesser in der Hand, während er im Zimmer schlief, furzte und grunzte wie ein Schwein. Ich wollte mir das nicht mehr gefallen lassen. Doch bis ich den Mut hatte, aus dieser Situation auszusteigen, sollte es noch ein wenig dauern.

Wir hatten durchaus auch gute Zeiten, doch die gingen mit

den Monaten auch in seinen Launen unter. An einem Nachmittag erzählte mir Bernhard von einem Freund, den er in der psychiatrischen Anstalt besuchen wollte. „Der ist zwar in der Geschlossenen, aber das ist dort eh nicht so schlimm!" – „Und warum ist der auf der Geschlossenen?", wollte ich unbedingt wissen. *Keine Antwort ist auch eine Antwort.*

Bernhard stellte mir an jenem Nachmittag einen jungen Mann vor, der mir beim ersten Anblick genauso schwammig wie Bernhard selbst vorkam. Ich wurde das Gefühl nicht los, dass mit dem Typen etwas ganz Gewaltiges nicht stimmte! Nachdem der mir vorgestellte Patient die Maske fallen ließ, ging auch mir ein Licht auf. *Der hat doch vor nicht allzu langer Zeit seiner Mutter den Schädel abgeschnitten und ihn anschließend in einem Plastiksackerl in Wien rumgetragen, bevor er ihn schließlich in die Schaufenster des Geschäftes seiner Mutter platziert hat. Und der geht jetzt mit uns seelenruhig und ohne Aufsicht einen Kaffee trinken. Wie ist denn das bitte möglich? Ist das nicht gerade mal vor ein paar Jahren gewesen? Da werden in Österreich Ladendiebe zu drakonischen Strafen verurteilt, und dann geht ein verurteilter, aber leider nicht dichter Mörder frei spazieren ... Ist ein Mörder nach einigen Jahren resozialisiert? Ist ein psychisch kranker Mörder, für den sich der Typ da ausgibt, nach bereits wenigen Jahren völlig geheilt? Was bitte studieren die Herrschaften von der Psychiatrie?*

Nachdem mir diese Episode mit Bernhard den letzten Rest gegeben hatte, wollte ich ihn nur noch loswerden. Die Situation eskalierte immer öfter und ich war nicht mehr gewillt, als Punchingball herhalten zu müssen. Das Küchenmesser, welches dem berühmten Psycho-Messer täuschend ähnlich sieht, wurde mir immer vertrauter. Nachdem er mir am Vorabend wieder mal die Hölle heiß gemacht hatte, weil ich ihm den Geldhahn zudrehte, rief ich meinen Vater an.

„Wenn du nicht möchtest, dass ich in der Zeitung stehe, dann bitte hilf mir! Ich bring dieses brutale Schwein noch um!" Gott sei gedankt, begriff mein Vater ziemlich schnell und stand innerhalb kürzester Zeit bei mir auf der Matte. Gemeinsam beförderten wir Bernhard in einer Ho-Ruck-Aktion aus der Wohnung. Zum Abschluss rauchte ihm mein Vater noch eine Kräftige an, dass es eine Freude war! *Besser hätte ich es auch nicht machen können!*

Inzwischen rückte die Hauptverhandlung immer näher und die gesamte Medienwelt geierte nach meiner Aussage. So sehr ich die Ruhe genossen hatte, nun war sie wieder mal vorbei. Ich hatte es derweil auch schon schriftlich, dass ich ab nun als Belastungszeuge zu fungieren hatte. Jack schickte mir noch einige Briefe, in denen er seinen Selbstmord im Falle einer Verurteilung seitenweise bekundete. Aber das dürfte er nicht nur bei mir, sondern auch bei all seinen anderen Bekannten so gemacht haben. Denn es geisterte immer wieder das Gerücht über Jacks möglichen Suizid herum ... Und das auch in den Medien!

Meine Aussage vor dem Grazer Landesgericht wurde von den Medien und Schaulustigen bereits heiß erwartet. Ich reiste mit einem mulmigen Gefühl nach Graz und hasste diese Stadt sofort wieder so richtig abgrundtief. Endlich, einmal noch Graz, und danach nie wieder! *Allerdings: Im Zuge* dieses *Projekts habe ich Graz erst richtig kennen gelernt und meine Meinung von damals gründlich revidiert. Also nix für ungut!*

Im Gericht war die Hölle los. Heerscharen von Polizeibeamten, die den Weg für die Zeugen freikämpften. Auf mich stürzten sich die Presseleute wie Geier auf ein verendendes Stück Vieh. Die Polizisten mussten mich zum Wartesaal eskortieren, da ich den Weg durch die Pressemeute allein nie geschafft hätte. Kaum einen Schritt in das Gerichtsgebäude gemacht, musste ich schon den Rückzug auf die Damentoilette antreten. Die Journalisten hatten null Scham. Eine Reporterin hatte aber dann doch das Herz *(oder die Witterung)* mir nachzukommen. Sie reichte mir Taschentücher, als auch schon die erste Polizistin in der Toilette auftauchte. Dort wurde ich von der Beamtin informiert, dass man mich bis zum Gerichtssaal begleiten würde. Im Wartesaal wurde ich immer nervöser. Als ich aufgerufen wurde, hatte ich Knie aus Gummi und ein mehr als ungutes Gefühl. *Werde ich jetzt Jack sehen oder Hammer? Oder gar Angelika? Und hoffentlich sind keine Reporter im Gerichtssaal! Ich steh das nicht durch!*

All meine Befürchtungen bewahrheiteten sich spätestens nach meinem Betreten des Großen Schwurgerichtssaales. Dieser war bis auf den letzten Platz ausgebucht! *Die geifernde Meute sitzt da wie die Hennen auf der Stange. Der Sabber springt ihnen ja förmlich aus dem Gesicht! He, habt ihr keine eigenen Probleme oder einen Job oder so? Habt ihr nix Besseres zu tun?*

Ich wusste, dass Jack links hinter mir saß. Seine Blicke spürte ich auf meinen Schultern. *Unangenehm! Mag dich nicht mehr anschauen! Würd dir gern noch mal anständig die Meinung geigen!* Doch dazu sollte ich nicht mehr kommen ...

Ich leierte meine Geschichte, inzwischen sicher zum hundertsten Mal, runter, bevor der Saal geräumt wurde. Das Publikum musste raus, nun kamen die intimen Details und Fragen.

„Hat Sie Herr Unterweger in der Zeit mit Ihnen betrogen?" – „Ja." – „Hat Sie Herr Unterweger jemals geschlagen oder Ihnen eine Ohrfeige gegeben?" – „Ja." – „Hat Herr Unterweger versucht Sie der Prostitution zuzuführen?" – „Ja." – „Bevorzugt Herr Unterweger sadomasochistische Sexualpraktiken?" – „Ja." Ende.

Das Ende des Prozesses war gekommen, mit ihm der erwartete Schuldspruch und schließlich auch der Selbstmord des Jack Unterweger. Ich erfuhr von Jacks Selbstmord am Tag nach der Urteilsverkündung um sechs Uhr früh aus den Radionachrichten. Völlig emotionslos und gedankenleer nahm ich die Meldung auf. Es hat mich weder überrascht noch hat es mich betroffen gemacht. Stattdessen breitete sich eine eigenartige Ruhe in mir aus.

Es ist eine Sache zu sagen, das wäre der beste Mord in Jacks Leben gewesen, doch eine andere, dies für sich zu behalten ... Für mich ist das Leben nach Jacks Tod entscheidend ruhiger geworden. Das ist alles, was ich heute noch dazu sagen möchte.

„Und, war er es oder war er es nicht?", so die eindeutig meist gestellte Frage in meinem bisherigen Leben. Woher, zum Geier soll ich das bitte wissen? Anno dazumal waren sich die Herren Gerichtspsychiater und Sachverständige unisono einig, dass Jack das Paradebeispiel der Resozialisierung eines Häftlings war. Und Österreichs Kulturschickeria bekundete fleißig ihre Zustimmung! Was dabei rausgekommen ist, sehen wir alle. Ich kann nicht sagen, ob Jack die ihm zur Last gelegten Morde begangen hat, oder, wie er immer und immer wieder beteuerte, eben nicht. Ich möchte mich nicht in Spekulationen ergießen, dafür haben andere Personen mehr Zeit und Muße.

Ich kann mich ausschließlich nach dem Urteil richten und das lautet nach meiner Rechnung: schuldig des zehnfachen Mordes! Und dabei ist es mir herzlich egal, ob rechtskräftig oder nicht! In den letzten zehn Jahren nach dem Tod von Jack habe ich nächtelang versucht zu verstehen, was mich damals geritten hat. Ich weiß es bis heute nicht. War es Sex, war es seine Vergangenheit oder doch gar mein Faible für gewisse Dinge?

Die Akten aus dem Jahr 1976 habe ich zwar jahrelang mitgeschleppt, doch gelesen habe ich sie erst nach seinem Tod. Leider, denn gern hätte ich heute noch einmal die Gelegenheit Jack zu sagen, was ich von ihm und seinem Mitleid heischenden Gesülze halte. Von seiner Art mit Frauen umzuspringen und von seiner Weise die ihn umgebende Umwelt zu manipulieren.